John Cleland • Die Memoiren der Fanny Hill

Die Memoiren der Fanny Hill

Ein Sittenbild
von
John Cleland

Bearbeitet und herausgegeben
von C. R. Abell

Gesamtherstellung:
VEMAG Verlags- und Medien Aktiengesellschaft, Köln

Vorwort

Das Leben der Fanny Hill ist trotz ihres Gewerbes nur in bedingtem Maße der Öffentlichkeit geweiht. Denn es spielt sich in einer sehr gewählten und in hohem Maße exklusiven Umgebung ab. In dem Liebestempel, dem Frau Cole als kluge und erfahrene Oberpriesterin vorsteht, wird sie vor allen Gefahren der Straße bewahrt, ohne deshalb hinter vergitterten Fenstern zum willenlosen Opfer zufälliger Gäste zu werden. Sie bleibt eine Aristokratin der käuflichen Liebe, die klug zu wählen und sich auch dann noch zu bewahren weiß, wenn sie ihren Leib allen Wünschen des erkorenen Liebhabers rückhaltlos preisgibt. Und in aller schrankenlosen Freiheit des Genusses, dem sie sich dankbar weiht, weiß sie nicht nur die körperlichen Vorzüge, sondern auch den seelischen Wert ihrer Geliebten bis ins letzte abzuwägen. In Wahrheit aber bleibt sie stets dem einmal Erwählten treu, der ihr durch den Eingriff des Schicksals vorzeitig entzogen und mit dem sie am Ende aufs neue verbunden wird, um ihm fortan ganz als liebende Gattin und treusorgende Hausfrau zu gehören und ihre weibliche Bestimmung als Mutter seiner Kinder zu erfüllen.

Dieser moralische Schluß ihrer Lebensbeschreibung ist mehr als ein geschicktes Zugeständnis an die Forderungen der gesellschaftlichen Konvention, er ergibt sich mit unmittelbarer Notwendigkeit aus dem Charakter und dem Lebensschicksal der Heldin. Dies gefährliche Buch, das schon bei seinem ersten Erscheinen vor 180 Jahren einen Sturm der Begeisterung und der Empörung erregte, ist keine frivole Verherrlichung des Lasters, das es gleichwohl mit so glühenden Farben zu schildern weiß. Jener Richter in dem berühmten Prozeß von 1750 hatte recht, als er den Verfasser freisprach und ihm zugleich eine staatliche Lebensrente zuerkannte, damit er nie mehr durch Armut genötigt sei, ein so geniales Attentat auf die herrschende Moral zu wiederholen.

Das Andenken dieses weisen und gütigen Richters und die Bewunderung vor einer so großartigen und freiheitlichen Rechtspflege, die solchen Spruch ermöglichte, wird bei der Nachwelt ebenso fortleben, wie das Werk selbst alle Ver-

bote und Beschränkungen, alle Einwände und Bedenken überdauert hat und heute noch, wie vor fast zwei Jahrhunderten in seiner vollen gesunden Frische, seiner ganzen Natürlichkeit und beispiellosen Lebenskraft vor uns steht – nicht nur ein unsterbliches Meisterwerk der erotischen Weltliteratur, sondern auch ein getreues Wahrzeichen seines Jahrhunderts, so gut wie Rousseaus Bekenntnisse und die Memoiren Casanovas.
Der wahre Grund seines Erfolges beruht gewiß nicht in den nur allzu freimütigen und breit ausgesponnenen Liebesszenen, die bei aller Kunst einer vollendeten Darstellung keine überragende Bedeutung besitzen, sondern den freien harmonischen Schwung des Ganzen, die Spannung und den organischen Fortgang der Handlung eher aufhalten als fördern – er besteht vielmehr in den menschlichen und künstlerischen Qualitäten des gesamten Werkes, die den heutigen Leser noch ebenso zu entzücken vermögen wie die Zeitgenossen: die Lebenswahrheit und Lebensfülle, die Klarheit und Einfachheit in glücklicher Verbindung mit dem Schwung und Glanz der Darstellung, die seltene geistige Armut, die tiefe Kenntnis des menschlichen und weiblichen Herzens, die überlegene Welterfahrung und das reife Ge-

staltungsvermögen eines genialen Betrachters, der einen besseren Ruhm als den eines pornographischen Schriftstellers erster Ordnung verdient hätte.

Was Fanny Hill erlebt, ist mehr als eine bloße Schule des Lasters: Es ist zugleich ein Prozeß sittlicher Läuterung, wachsender Erkenntnis und reifender Selbstbesinnung. Ihre Erfahrungen haben ihr bestes Teil nicht zerstört, sondern überhaupt erst geweckt, das unbedeutende Landmädchen von einst ist nicht nur zur vollendeten Lebenskünstlerin geworden: Sie ist auch zu geistigen und ethischen Einsichten emporgestiegen, die über den Bezirk des einzelnen Daseins ins Allgemeingültige übergreifen. Ihr Auge ist unverblendet von falschen Illusionen und billiger Romantik, aber imstande, auch die höchsten menschlichen Ideale in seinem klaren Spiegel aufzufangen und zurückzustrahlen. Sie hat mehr gewonnen als Geld und Gut, sie hat sich nicht nur ihre körperliche Gesundheit, sondern auch ihre seelische Widerstandskraft und das wahre Geheimnis unvergänglicher Jugend und ewiger Erneuerung bewahrt.

Gewiß ist ihr Biograph auch für unser heutiges Empfinden nur allzu gründlich vorgegangen, als er aus spekulativen Gründen sein Talent zu obszönen Schilderungen im Zeitgeschmack mißbrauchte – in offenbarem Widerspruch zu dem Gesamtcharakter seiner Heldin, die sich ja immer den freien Blick gegen die eigenen Schwächen und die Ausschweifungen ihrer Umgebung bewahrt. Zweifellos enthalten die Partien des Werkes, die der Öffentlichkeit auch weiterhin vorenthalten bleiben mögen, auch meisterhafte Schilderungen des intimen Liebeslebens, die in flammenden Farben ausgemalt sind, mit einem heilig-unheiligen Feuer, mit einer heidnischen Kraft und Lebendigkeit, die den Dichter im alten Griechenland zu unsterblichem Ruhm bis an die Sterne und an die Tische der ewigen Götter erhoben hätten – notwendig aber sind sie gewiß nicht.

Ebensowenig aber besteht ein zwingender Grund, daß ein solches Meisterwerk der erotischen Literatur noch länger wie der Liebesgarten der Madame Cole nur einer exklusiven Gemeinschaft zahlungskräftiger Genießer zugänglich sein soll. Auch wer das Original kennt, wird zugeben müssen, daß unsere Bearbeitung, die sich zugleich der größten Zurückhaltung und Gewissenhaftigkeit befleißigt, den Reiz des Ganzen nicht nur erhalten, sondern durch die Entfernung einiger willkürlicher Arabesken und durch die Freilegung seiner inneren Struktur noch erhöht und das Werk dem heutigen Leser auch menschlich nähergebracht hat.

C. R. Abell.

MADAME!

Ich nehme Ihren Wunsch als einen Befehl: So wenig angenehm es mir auch sein wird, will ich also die Geschichte jener meiner Lebenszeit aufschreiben, die nun vorbei ist, nun, wo ich glücklich bin in Liebe, Gesundheit und Jugend.

Bequeme Verhältnisse und nicht geringes Vermögen lassen mir Zeit, die ich nicht besser verwenden kann, als daß ich einen schon von der Natur nicht ganz schlechten Verstand übe, der mich auch inmitten der ausgelassensten Genüsse mehr Erfahrungen über Brauch und Sitte der Welt machen ließ, als es bei Freudenmädchen allgemein ist; denn die halten jeden Gedanken für einen schlimmen Feind ihrer Betäubung, so daß sie ihn entweder weit von sich fernhalten oder im Stumpfsinn vernichten.

Ich mag lange Vorreden nicht und will mich auch weder verteidigen noch entschuldigen, will nur sagen, daß ich mein Leben genau so beschreiben werde, wie ich's geführt habe.

Ich will die Wahrheit sagen und mir nicht die Mühe nehmen, ihr eine verschleiernde Hülle zu geben. Ich will Umstände und Situationen so beschreiben, wie sie waren, und wie es mir der vertrauliche Charakter unserer beiderseitigen Geständnisse erlaubt. Auch haben Sie ja eine viel zu gute Kenntnis der Wirklichkeit, als daß Sie über deren Beschreibung aus Prüderie oder aus „Charakter" die Nase rümpften.

Das sei Einleitung genug. Ich komme zu meiner Geschichte. Mein Mädchenname war Frances Hill und ich bin von sehr armen, aber, wie ich aufrichtig überzeugt bin, grundehrlichen Eltern in einem Dorf nahe bei Liverpool in Lancashire geboren.

Mein Vater war gelähmt und fand im Netzmachen einen kümmerlichen Verdienst; meine Mutter trug das Ihre mit einer Kleinmädchenschule bei, die sie hielt. Wir waren viele Kinder, von denen keines lange lebte, bis auf mich, da mir die Natur eine vortreffliche Gesundheit gab.

Bis über mein vierzehntes Jahr bestand meine Erziehung in ein bißchen Lesen oder vielmehr Buchstabieren, einem unleserlichen Gekritzel und ein wenig Nähen. Das einzige Fundament meiner Tugend war die völlige Unkenntnis des Lasters und jene scheue Furcht, die uns ganz jungen Mädchen eigen ist, solange uns das große Geheimnis, dem wir entgegenblühen, durch seine Neuheit noch erschreckt. Von dieser Furcht werden wir meist auf Kosten unserer Unschuld befreit, wenn wir allmählich anfangen, in den Männern nicht mehr die Raubtiere zu sehen, die uns fressen wollen.

Zwischen ihrer Schule und den Hausarbeiten hatte meine Mutter wenig Zeit für mich; und da ihre eigene Naivität nichts Böses kannte, kam ihr auch gar nicht der Gedanke, mich vor irgend etwas zu warnen, um mich vor Schaden zu schützen.

Ich war fünfzehn Jahre alt, als mir ein großes Unglück widerfuhr: Meine Eltern starben rasch hintereinander an den Pocken und ließen mich als Waise zurück. Die schlimme Krankheit hatte auch mich befallen, aber in einer so gelinden Form, daß ich bald außer Gefahr war und ohne Narben davonkam, was ich damals allerdings noch nicht zu schätzen wußte. Ein wenig Zeit und die Unbekümmertheit meines Alters zerstreuten nur zu bald meinen Schmerz, und etwas machte mich endlich ganz gleichgültig gegen ihn: der Gedanke, nach London in Dienst zu gehen, worin mich eine junge Frauensperson, Esther Davis, bestärkte und versprach, mir da mit Rat und Tat beizustehen. Diese Davis war aus London auf Besuch zu Bekannten gekommen und wollte nach ein paar Tagen wieder in ihre Stellung zurück.

Ich hatte niemanden im Dorfe, der sich meiner hätte annehmen oder mir etwas hätte raten können. Die Frau, die sich nach meiner Eltern Tode um mich kümmerte, sprach mir zu, und so stand mein Entschluß fest, nach London zu gehen, um da mein Glück zu suchen, wie die Redensart heißt, die schon mehr verdorben als glücklich gemacht hat.

Esther Davis erzählte mir von dem Prachtvollen, was es alles in London gäbe, den Theatern und Opern und herrlichen Gebäuden und verdrehte mir damit vollends den Kopf. Ich muß lachen, wenn ich an das Staunen denke, womit wir armen Mädel, deren ganzer Sonntagsstaat in einem groben Hemd und wollenen Röcken bestand, Esthers Putz bewunderten, ihr Atlaskleid, ihre feinen Bänderhauben, ihre silberbestickten Schuhe. Das alles, dachten wir, wächst in London, und ich wollte es auch so haben.

Esther erzählte mir: „Es hätten schon viele Mädchen vom Lande sich und ihre Verwandtschaft auf Lebenszeit glücklich gemacht; manche, die sich gut gehalten hätten, waren von ihren Herren so wohl gelitten gewesen, daß sie sie geheiratet hätten und ihnen Wagen hielten, und manche wäre schon Herzogin geworden. Das sei alles Glücksache, und sie wüßte nicht, weshalb ich es nicht ebenso treffen könnte, wie manche andere." Und so sagte sie noch eine Menge, was mich den Tag der endlichen Abfahrt kaum erwarten ließ.

Niemanden hatte ich in dem Dorf: Die alte Frau, die noch die einzige war, die sich um mich kümmerte, tat das ohne Zärtlichkeit, nur so aus Mitleid und Gnade. Aber sie war so freundlich, mir meine Habseligkeiten, die mir nach allem noch geblieben waren, in Geld umzusetzen, und bei der Abreise gab sie mir mein ganzes Vermögen in die Hand: es bestand aus einer mageren Garderobe, die sich bequem in eine Schachtel packen ließ, und aus 177 Schillingen, die ich in einem Beutel verwahrte. Nie hatte ich so viel Geld besessen, und ich konnte mir nicht denken, daß man das durchbringen könnte.

Wir saßen in der Kutsche. Die Abschiedstränen kamen mir halb aus Betrübnis, halb aus Freude, und weiter ist nicht viel davon zu sagen, wie auch nicht von den Augen, die mir einige von den Passagieren machten – zu mehr ließ es Esther nicht kommen, die sehr mütterlich auf mich achtgab und für mich sorgte, was sie sich übrigens damit verrechnete, daß sie mich die Reisekosten für sie bezahlen ließ.

Es war spät abends an einem Samstag, als wir mit dem langsamen, obgleich zuletzt mit sechs Pferden bespannten Fuhrwerk in London ankamen. Der Lärm auf den Straßen, durch die wir zu unserem Gasthof fuhren, das Gedränge der Wagen und Menschen, die vielen Häuser, all das machte mich ganz bang vor Staunen, Neugierde und Angst. Wir kamen in dem Gasthof an, unser Gepäck wird abgeladen und übernommen, und ich denke nicht anders, so müde wie ich war, mit meiner Begleiterin unser Zimmer aufzusuchen, als Esther, die während der ganzen Reise so lieb zu mir war, plötzlich ganz fremd und kühl gegen mich ist, geradeso als fürchte sie, ich könnte ihr zur Last werden. Stellen Sie sich meine Bestürzung vor! Anstatt mir, die ich doch ganz fremd und ohne einen Menschen in London war, ihren ferneren Beistand anzubieten, auf den ich mich doch verlassen hatte, schien sie es völlig genug zu finden, mich begleitet zu haben: Sie küßte mich und verabschiedete sich von mir. Ich war so verwirrt, daß ich kein Wort sagen konnte und stand stumm und wie betäubt. Esther meinte wohl, der Abschied ginge mir nahe, und so wollte sie mich damit trösten, daß sie mir gute Ratschläge gab, bald eine Stellung zu suchen, die ich ja leicht finden würde, und inzwischen ein besonderes Logis zu nehmen. Ich solle sie dann wissen lassen, wo ich wohne, falls sie mich aufsuchen wolle, und wünschte mir noch viel Glück und daß ich brav bleibe und meinen Verwandten keine Schande machen solle, und sie müsse in ihre Stellung zurück. Damit ging sie, und ich war allein und verlassen in dem kleinen Zimmer und heulte mir den Schmerz von der Seele, worauf mir leichter wurde, obgleich ich nicht wußte, was anfangen.

Ein kleiner Kellnerjunge trat ein und fragte mich kurz, was mein Verlangen wäre. Ich antwortete ganz ohne zu denken: Nichts, und wünschte nur zu wissen, wo ich diese Nacht schlafen könnte. Der Junge sagte, er wolle mit der Frau reden, die auch nach einer kleinen Weile kam. Ohne sich irgendwie um meine Situation zu kümmern, sagte sie nur ganz trocken, ich könne für einen Schilling ein Bett haben und morgen könne ich ja dann meine Bekannten aufsuchen. Meine Bekannten!

Der stärkste Kummer greift zu seinem Troste nach den erbärmlichsten Gründen: Die bloße Zusicherung eines Nachtlagers war imstande, mich zu beruhigen; und da ich mich schämte, der Wirtin zu gestehen, daß ich in London keinen Menschen hatte, so nahm ich mir vor, gleich am nächsten Morgen in ein Dienstvermittlungsbüro zu gehen, dessen Adresse mir Esther auf die andere Seite eines Straßenliedes aufgeschrieben hatte, bevor sie ging. Da hoffte ich schon was zu finden, das mich fortbringen konnte, ehe ich meine kleine Barschaft aufgezehrt hätte; und was meine Herkunft und Aufführung betreffe, hatte mir Esther oft gesagt, ich sollte mich nur auf sie verlassen, sie würde schon darüber Auskunft geben. Und da ich sie so brauchte, kam auch mein Vertrauen zu ihr wieder; ihr schneller Abschied kam mir nicht mehr sonderbar vor, und ich gab meiner Unerfahrung und Dummheit die Schuld, daß ich ihn erst so empfunden hatte.

Am andern Morgen machte ich mich also so nett, als es meine Bauernkleider erlaubten, gab der Wirtin die Schachtel mit meiner Habe zur Verwahrung und ging aus, ohne mich unterwegs von irgendwas länger aufhalten zu lassen, als man von einem Landmädel erwarten kann, das kaum fünfzehn alt ist und jedes Schild und jeden Laden begaffen muß. Endlich kam ich nach manchen Fragen in das betreffende Vermittlungsbüro. Das führte eine ältliche Frau, die an einem Tisch vor einem großen Buch und allerlei Schriften und Zeugnissen saß. Ich schaute keinen Menschen in dem Raum an, ging auf die Frau zu und stotterte nach einem Knicks meine Angelegenheit vor. Die Frau hörte zu mit einem Ernst wie ein Minister und schaute mich an von oben bis unten. Sie gab keine eigentliche Antwort, sondern verlangte vorläufig den gewöhnlichen Handschilling, bei dessen Empfang sie sagte: Dienstplätze für junge Mädchen wären sehr selten, besonders, da ich ihr für schwere Arbeit zu zart gebaut vorkäme; sie wolle aber doch in ihrem Buch nachschauen, ob sich was für mich tun ließe, indessen sollte ich ein wenig warten, bis sie andere Kunden abgefertigt hätte.

Bestürzt über diese wenig gute Auskunft trat ich etwas zurück; um mir das Warten erträglicher zu machen, schaute ich mich in dem Zimmer um, wobei ich den Blicken einer Dame – ich mußte sie in meiner Unerfahrenheit für eine solche halten – begegnete, die in einem Winkel saß, und mitten im Sommer eine Samtmantille umhatte. Die Frau war dick und fett, hatte ein kupfriges, verquollenes Gesicht und mochte wenigstens an die fünfzig alt sein. Sie verschlang mich förmlich mit den Augen, musterte mich von Kopf zu Füßen, ohne sich um die Verlegenheit zu kümmern, in die mich ihr Anstarren setzte, und die ohne Zweifel eine starke Empfehlung für sie war und ein Beweis, daß ich mich für ihre Zwecke wohl schikken würde. Und ich gab mir Mühe, mich recht gerade zu halten und den besten Eindruck zu machen. Nachdem das so eine Weile gedauert hatte, kam sie auf mich zu und fragte mich sehr sittsam: „Süßes Herzchen, suchst du einen Dienst?" Ich machte einen tiefen Knicks: „Ja, wenn Sie gestatten." Das träfe sich gut, sagte sie; sie wäre gerade hergekommen, um sich nach einem Dienstmädchen umzusehen, ich könnte unter ihrer Anweisung wohl ganz brauchbar sein, mein Gesicht sei eine gute Empfehlung, London sei ein schlimmer, gottloser Ort und sie wolle mich schon vor schlechter Gesellschaft hüten – kurz, sie redete wie eine rechte Praktikenmacherin und mehr als nötig war, um ein einfältiges Landmädchen zu fangen, das Angst vor der Straße hat und das erste Anerbieten eines Obdachs mit beiden Händen annimmt. So wurde ich also in Dienst genommen; ich sah wohl so ein gewisses Lächeln und Achselzucken der Frau an dem Tisch, aber ich nahm es als ein Zeichen der Zufriedenheit über meine rasche Versorgung. Ich wußte ja noch nicht, wie gut diese Vetteln einander verstanden und daß hier der Markt war, wo Madame Brown – meine Gebieterin – sehr oft nach frischer Ware ausging.

Madame schien über ihren Kauf sehr vergnügt. Wohl aus Besorgnis, ich möchte durch eine Warnung oder sonst einen Zufall entwischen, begleitete sie mich in einer Kutsche nach meinem Gasthof und forderte selbst meine Schachtel ab, die ihr auch, da ich zugegen war, ohne weiteres ausgehändigt wurde.

Hierauf ließ sie die Kutsche zu einem Laden bei der St. Paulskirche fahren, wo sie mir ein Paar Handschuhe kaufte, und dann gab sie dem Kutscher Befehl, nach Hause in die **Straße zu fahren. Unterwegs unterhielt sie mich auf eine sehr angenehme Weise, die mich so vertrauend wie vergnügt machte, ohne auch nur ein Wort sich entkommen zu lassen, aus dem ich etwas anderes hätte entnehmen können, als daß ich durch ein ganz besonderes Glück in die Hände dieser vortrefflichen Frau gefallen wäre. So trat ich froh und voll guter Erwartung in das Haus und nahm mir gleich vor, sobald ich nur ein wenig eingerichtet sein würde, Esther von meinem seltenen Glück Nachricht zu geben.

Die hohe Meinung von diesem Glück wurde nicht geringer, als ich in ein nach meiner Meinung sehr schönes Wohnzimmer geführt wurde, das mir, die ich nur Bauernstuben kannte, mit seinem Spiegel im Goldrahmen und einem Silberschrank ganz glänzend vorkam und mich auch überzeugte, daß ich in eine sehr wohlhabende Familie gekommen sein mußte. Meine Herrin sagte, ich solle vergnügt sein und mich frei bewegen lernen, denn sie hätte mich nicht als gemeine Hausmagd, sondern als eine Gesellschafterin engagiert, und wenn ich mich tüchtig erweise, würde sie für mich mehr tun als zwanzig Mütter. Ich antwortete darauf immer nur mit ungeschickten Knicksen und einfältigen Worten. Dann klingelte die Frau, und es trat eine große, starke Magd herein, die uns ins Haus gelassen hatte: „Hier, Martha", sagte Madame Brown, „dieses junge Mädchen hab' ich soeben in Dienst genommen; zeige ihr nun ihr Zimmer. Und daß du ihr mit der gleichen Achtung begegnest, wie mir selber, denn sie ist mein kleiner Liebling."

Die verschmitzte Martha war gut abgerichtet und wußte nun, was sie zu tun hatte; sie machte einen kleinen Knicks und bat mich, mit ihr hinaufzugehen, zwei Treppen hoch. Da zeigte sie mir ein nettes Zimmer, nach hinten hinaus, in dem ein schönes breites Bett stand, in dem ich, wie sie sagte, mit einem Fräulein Kusine der Frau schlafen sollte, die sicher recht gut zu mir sein würde. Und dann erging sie sich in übertriebenen Lobeserhebungen ihrer guten Herrin, versicherte mir, wie glücklich ich gewesen sei, daß ich in ihren Dienst gekommen wäre, es gäbe keine bessere Frau, und noch viele solche Redensarten, die jedem andern verdächtig vorgekommen wären, nur mir einfältigem Gänschen vom Lande nicht. Mitten im Reden wurden wir heruntergeklingelt, und ich wurde wieder in dasselbe Zimmer mit dem Silberschrank geführt, wo ein Tisch für drei Personen gedeckt war. Die dritte war eine merkwürdige Hauptperson in dem Hause, deren Geschäft darin bestand, solche junge Fohlen, wie ich eines war, abzurichten und zum Sprung zu bringen. Zu diesem Zweck wurde sie mir zur Schlafgenossin gegeben, und um ihr mehr Ansehen zu verleihen, bekam Mrs. Phöbe Ayres – so hieß meine Erzieherin – von der ehrwürdigen Präsidentin des Kollegiums den Titel Kusine. Diese Kusine unterzog mich nun einer neuen Besichtigung, die zu ihrer größten Zufriedenheit ausfiel.

Das Mittagessen wurde aufgetragen und Madame Brown zwang sich, mich ihrem Plan gemäß als ihre Gesellschafterin zu behandeln, bat mich als „sehr geehrtes Fräulein" zu Tisch, so sehr ich auch aus dem Gefühl meiner untertänigen Stellung dagegen protestierte. Mein bißchen Manier langte gerade so weit, daß ich einsah, es schicke sich nicht, mich ohne weiteres an den Tisch zu setzen.

Die Unterhaltung bestritten fast ausschließlich die beiden Damen, die eine mir nicht verständliche Doppeldeutigkeit in ihren Reden hatten, die sie manchmal mit ein paar gütigen Worten gegen mich unterbrachen, Worte, die meine Zufriedenheit mit meinen gegenwärtigen Umständen festigen sollten, was gar nicht mehr nötig war. Man machte auch aus, daß ich mich ein paar Tage verborgen halten und nicht sehen lassen sollte, bis die Garderobe fertig sei, die ich als Gesellschafterin tragen sollte. Auf den ersten Eindruck kommt viel an, sagte die Gnädige; und man kann sich denken, daß ich mich gern für ein paar Tage einsperren ließ in der angenehmen Aussicht, meine Bauern-

kittel mit der Pracht eines Londoner Kleides zu vertauschen. Der wahre Grund der Brown, mich eingesperrt zu halten, war natürlich ein anderer; sie wollte mich von niemandem sehen und sprechen lassen, bevor sie nicht einen guten Kunden für meine Unschuld gefunden hatte, die ich allem Anschein nach mit in Dienst gebracht hatte.
Ich übergehe das Unbeträchtliche, das der weitere Tag bis zur Schlafzeit brachte; ich war vergnügt über meinen so angenehmen Dienst und sehr zufrieden mit den Leuten, die so gütig zu mir waren. Nach dem Abendessen leuchtete uns die Magd in das Schlafzimmer und ging. Miß Phöbe merkte mein schamhaftes Zaudern, da ich mich nicht auskleiden, noch im Hemd vor ihr ins Bett steigen wollte. So fing sie an, mir das Busentuch aufzudecken und mir die Kleider loszumachen, was mir Mut gab, mich selbst auszukleiden, und da ich mich schämte, bis aufs Hemd nackt vor ihr zu stehen, machte ich, daß ich schnell ins Bett kam. Phöbe lachte und legte sich gleich darauf zu mir. Sie war, wie sie sagte, fünfundzwanzig Jahre alt, wobei sie mindestens zehn Jahre bei sich behielt, die Verwüstungen abgerechnet, die ein langes Hurenleben und warme Bäder an ihrem Körper angerichtet und sie frühzeitig in die Not-

wendigkeit versetzt hatten, die Wollust zu lehren, statt sie selbst zu erfahren.

Meine Lehrerin hatte sich kaum niedergelegt, als sie auch schon, um keine Zeit zu verlieren, nahe an mich heranrückte, mich umarmte und heftig küßte. Das kam mir sehr seltsam vor; aber da ich es für Londoner Mode der Freundschaft hielt, ließ ich es auch an mir nicht fehlen und gab die Küsse mit allem Feuer zurück, dessen meine naive Unschuld fähig war.

Wäre sie nicht so allmählich vorgegangen, ich wäre sicher aus dem Bett gesprungen und hätte um Hilfe geschrien, aber ich war ganz betäubt und außer mir, keines Gedankens fähig; und schließlich weinte ich.

Die in allen Künsten erfahrene Phöbe fand, wie es scheint, in der Ausübung ihrer Kunst, junge Mädchen abzurichten, die Befriedigung eines eigentümlichen Geschmackes, für den sich kein Grund angeben läßt.

Sie forschte mich nun nach allen Umständen aus, die sie notwendigerweise wissen mußte, um meine Herrin gut zu unterrichten. Meine simplen Antworten versprachen ihr allen erwünschten Erfolg. Aus Ermüdung schlief ich sofort ein, als ihr Fragen aufhörte, und die Natur erquickte mich mit einem dieser angenehmen Träume, die uns oft ebensosehr entzücken wie die Wirklichkeit.

In dieser Nacht empfand ich zum erstenmal mein Blut.

Des andern Tags erwachte ich früh um zehn Uhr frisch und munter. Phöbe war schon vor mir aufgestanden und fragte mich, wie ich geschlafen hätte und ob ich Appetit zum Frühstück hätte. Dabei vermied sie es sehr sorgfältig, die Verwirrung, in der sie mich sah, wenn ich sie anblickte, etwa durch eine Anspielung auf die vergangene Nacht noch zu vermehren. Ich sagte, wenn sie erlaubte, so wollte ich aufstehen und an die Arbeit gehen, die sie mir geben möchte. Sie lächelte.

Gleich darauf brachte die Magd den Tee, und ich steckte kaum in den Kleidern, als meine Herrin angewatschelt kam. Ich dachte nicht anders, als daß sie mich wegen meines späten Aufstehens zur Rede stellen oder schelten würde; aber sie verblüffte mich mit Komplimenten über mein gutes Aussehen, sagte, ich wäre eine Schönheit und die vornehmen Herren würden mich sehr bewundern. Ich antwortete darauf, wie ich es konnte, naiv und ungeschickt, was aber den beiden mehr gefiel, als wenn ich mit gescheiten Reden den Beweis von Erziehung und Weltkenntnis gegeben hätte.

Wir frühstückten zusammen, und das Geschirr war kaum abgetragen, als die Magd zwei Bündel Wäsche und Kleider hereinbrachte, um mich auszustaffieren, wie sie es nannten.

Man kann sich mein Entzücken vorstellen, als ich den Taffet mit silbernen Blumen darin sah, der zwar schon einmal geputzt worden, aber doch so gut wie neu war, und dann das Spitzenhäubchen, die dünnen Strümpfe, die gestickten Schuhe! Der ganze Staat war natürlich aus zweiter Hand und eilig herbeigeschafft worden, da schon ein Kunde für mich im Hause war, vor dem meine Reize Musterung passieren sollten; und der hatte sich nicht nur, wie gewöhnlich, die vorläufige Musterung, sondern auch zugleich die unmittelbar darauf folgende Übergabe meiner Person ausbedungen, falls ich ihm gefallen sollte, wobei er die gute Bemerkung machte: An einem Ort, wo ich wäre, stünde es sehr mißlich um eine so zerbrechliche Ware, wie eine Jungfernschaft. Phöbe zog mich also an – meiner Ungeduld, mich in den Herrlichkeiten zu sehen, lange nicht rasch genug. Ich war zu unverdorben, als daß ich mich endlich vor dem Spiegel nicht kindisch über meine Umänderung gefreut hätte, die in Wahrheit zu meinem Nachteil ausfiel; denn meine Bauernkleider mußten mir viel besser gestanden haben als der Kram, in dem ich mich nicht zu benehmen wußte. Phöbe versicherte mir noch dazu ein übers andere Mal, wie entzückend ich aussähe, wobei sie mir zu verstehen gab, wie viel ich davon auch ihrem Ankleiden verdanke, und ich war selig über mich, über Phöbe und über Madame, die es so gut mit mir meinte. Denn daß das nur eine Decke für ein Schlachtopfer war, kam mir natürlich nicht in den Sinn. Den alten Plunder, wie ich es nannte, bekam Madame, die ihn mir mit meiner kleinen Barschaft aufheben wollte.

Ich wurde nun hinunter ins Wohnzimmer gerufen, wo mir die Alte sagte, die Kleider stünden mir so gut, als ob ich in meinem ganzen Leben keine andern getragen hätte – was konnte man mir nicht alles sagen, das ich nicht geglaubt hätte! Madame stellte mich hierauf einem Verwandten vor, einem ältlichen Herren, der gleich auf mich zukam, als ich eintrat, und mich begrüßte, nachdem ich vor ihm geknickst hatte. Er tat ein bißchen beleidigt, daß ich ihm nur die Wange zum Kuß gereicht hatte, ein Versehen, das er sofort damit gut zu machen suchte, daß er seine Lippen mit einer Heftigkeit auf die meinen drückte, wofür ich ihm wenig zu danken geneigt war, nach dem Eindruck, den seine Gestalt auf mich gemacht hatte, die nicht widerlicher und scheußlicher sein konnte. Er war eher über als unter sechzig, kurz und schlecht gewachsen, das Gesicht gelb wie ein Kadaver, vorstehende Kalbsaugen, die stierten, als ob ihn jemand drosselte; die Lippen hielten ein paar große grünliche Zähne beständig auseinandergedrängt, und er roch aus dem Munde. Dabei tat er, als ob er eine Schönheit wäre und keine Frau ihn ansehen könnte, ohne sich sofort in ihn zu verlieben. Er bezahlte armen unglücklichen Geschöpfen Unsummen dafür, daß sie ihm die in ihn Verliebten vorspielten, und diejenigen, die weder Kunst noch Geduld dazu hatten, behandelte er brutal.

Zu diesem Scheusal hatte mich meine gütige Wohltäterin, die eine Kupplerin mit langjähriger Praxis war, verurteilt. Seinetwegen ließ sie mich hinunterkommen, vor ihm hintreten, und drehte mich nach allen Seiten, deckte mein Tuch auf, pries Form und Farbe meines Busens. Dann ließ sie mich auf- und abgehen, und fand sogar an meinem bäurischen Gang Gelegenheit, das Inventar meiner Reize zu vergrößern. Kurz, sie vergaß nichts. Er nickte nur so herablassend beifällig, während er mich wie ein Bock anstarrte; denn ich mußte ihn manchmal, ich weiß nicht warum, ansehen, um sofort wieder wegzuschauen, wenn ich seinem Blick begegnete, was er wohl für jungfräuliche Schamhaftigkeit oder Ziererei auslegte, ein Idiot und Scheusal wie er war.

Dann entließ man mich. Phöbe begleitete mich auf mein Zimmer und blieb bei mir, damit ich nicht allein sei und Zeit finden könnte, über das nachzudenken, was da vorging. Aber meine Dummheit war so groß, oder meine Unschuld so ungeheuer, daß mir über die Madame Brown noch immer nicht die Augen aufgingen und ich in dem sogenannten Vetter tatsächlich nichts weiter sah als einen auffallend häßlichen Menschen, der mich weiter nichts anging, als daß er als ein Verwandter meiner Wohltäterin auch etwas von der Ehrfurcht bekommen müsse, die ich ihr bezeigte.

Phöbe bemühte sich, mich für das Scheusal einzunehmen, indem sie fragte, ob es mir lieb wäre, wenn ein so schöner Herr mein Mann werden wollte. Schön nannte sie ihn wohl, weil er sehr reich angezogen war. Ich sagte darauf, daß ich noch nicht ans Heiraten dächte, aber wenn, dann würde ich mir einen Mann aus meinem Stand wählen, so sehr hatte mich der Ekel vor dem häßlichen Kerl gegen den „schönen Herrn" abgeneigt gemacht und mich denken lassen, alle vornehmen Leute wären genau wie der. Phöbe aber ließ sich nicht so leicht abbringen und redete und redete, mir Zweck und Sinn dieses gastfreien Hauses beizubringen. Solange sie von Männern im allgemeinen sprach, durfte sie wohl glauben, daß ich mich endlich ergeben würde, und daß da das Beste von mir zu erwarten sei. Aber sie war zu erfahren, als daß sie nicht hätte entdecken sollen, daß mein entschiedener Abscheu vor dem Vetter ihnen ein Hindernis in den Weg legen würde, das nicht so leicht weggeschafft werden könnte, als sie es für ihren Handel wünschten. Mich für die Männer zu gewinnen, das war nicht schwer, die Schwierigkeit begann erst mit dem einzelnen Mann.

Unten hatte indes Mutter Brown mit dem alten Bock den Vertrag gemacht. Er sollte, wie ich nachträglich erfuhr, fünfzig Pfund im voraus für den Versuch an sich zahlen, und hundert nachher, wenn der Versuch geglückt sei. Ich wurde ihm dabei ganz nach Belieben und Großmut überlassen. Er wollte, nachdem das festgestellt war, gleich zu mir, beschied sich aber auf die Vorstellungen meiner Kupplerin, daß ich erst noch abgerichtet werden müßte, auf den Abend. Länger wollte er auf keinen Fall warten. Ungeduld ist immer das Zeichen schlechter Lüste; und es blieb bei dem Abend.

Beim Mittagessen taten die Brown und Phöbe sonst nichts, als in höchsten Tönen das Lob dieses wunderbaren Vetters zu singen, und wie glücklich die Frau wäre, die er mit seiner Neigung beglücke, und wie er vom ersten Moment an gleich in mich verliebt gewesen wäre, und was ich für ein Glück mache, auf Lebenszeit, und in einer Kutsche könnte ich fahren – aber der Ekel hatte sich in mir schon so eingegraben, daß ich ihnen, da ich die Kunst, meine Gefühle zu maskieren, nicht verstand, geradeheraus sagte, sie dürften dem Herrn nicht die geringste Hoffnung machen. Dabei ging der Wein recht lebhaft herum, natürlich um mich für den bevorstehenden Angriff widerstandsloser zu machen.

Wir saßen sehr lange zu Tisch, und gegen sechs, nachdem ich mich auch auf mein Zimmer begeben wollte und der Tee gebracht worden war, erschien die würdige Seele mit dem Waldteufel, der eine Art zu grinsen hatte, die ich im Magen spürte. Er setzte sich so, daß er mich voll sehen konnte und verdrehte die Augen nach mir die ganze Zeit, da wir den Tee tranken. Das war schnell geschehen, und die sonst immer müßige Alte gab Geschäfte vor – und hatte auch recht damit – um aus dem Zimmer zu kommen. Sie ermahnte mich noch, den lieben Vetter um ihret- und meinetwillen gut zu unterhalten, bis sie zurückkomme, und den Vetter, artig mit mir zu sein und fein sanft mit dem süßen Kinde umzugehen. Darauf verschwand sie sehr schnell, und ich schaute mit offenem Mund nach der Tür.

Wir waren allein und ein Zittern kam auf einmal in meine Glieder, eine Furcht vor irgend etwas Schrecklichem, daß ich mich auf das Kanapee am Kamin setzte, wo ich wie ein Stein blieb, ohne Atem und Leben, ohne zu sehen und zu hören. Ich konnte mich nicht rühren, bis sich der Mensch neben mich setzt, mich umarmte, küßte. Da erst kam ich zu mir, warf mich förmlich in die Höhe und ihm vor die Füße und bat, er möge nicht hart gegen mich sein und mir nicht weh tun. „Weh tun, Kleine? Ich denke gar nicht daran, – hat dir die Alte denn nicht gesagt, daß ich dich liebe? Daß ich hübsch fein mit dir umgehen will?" – „Ich kann nicht, ich kann Sie nicht lieben!" rief ich. „Bitte, lassen Sie mich! Ich will Sie von Herzen gern haben, wenn Sie mich allein lassen und weggehen wollen." Aber ich redete umsonst. Jedoch, soviel Mühe er sich auch gab, er konnte nicht Herr über mich werden.

Nun befahl er mir aufzustehen – er wolle mir nicht die Ehre antun, sich weiter mit mir abzugeben, die alte Vettel möchte sich nach einem andern Trottel umsehen, er wolle sich jedenfalls nicht von einer verlogenen, falschen Keuschheit zum Narren halten lassen, denn er wisse genau, daß ich meine Unschuld einem Bauerbengel auf dem Dorfe abgetreten hätte und jetzt die abgerahmte Milch in der Stadt anbringen wolle. So schimpfte er eine ganze Weile, zu meinem größten Vergnügen; denn der Spott schien mich vor seiner ekelhaften Zärtlichkeit zu sichern.

So deutlich nun auch die Absichten der Brown an den Tag gekommen waren, ich hatte doch nicht das Herz oder den Verstand, das klar einzusehen. Es kam mir gar nicht der Gedanke, mein Verhältnis zu der alten Kupplerin zu lösen, so sehr hielt ich mich mit Leib und Seele für ihr Eigentum. Oder es war doch die Furcht vor der Straße, der fremden Stadt, die mich selbst so betrog und mich ins Verderben brachte.

Ich saß am Kamin, weinend und zerzaust von dem Griff des widerlichen Menschen, mit offenem Haar, bloßem Hals, ganz in trübseligen Gedanken, die ich mir nicht so klar machen konnte, daß aus ihnen ein Entschluß wurde. Nach einer kleinen Weile fragte er auf einmal ruhig, fast zärtlich, ob ich es nicht noch einmal mit ihm versuchen wolle, bevor die alte Dame zurückkäme, es solle dann alles wieder gut sein. Dabei küßte er mich und fuhr mir mit der Hand an die Brust. Nun wirkten Ekel, Furcht, Zorn und alles zusammen, daß ich aufsprang, zur Glockenschnur eilte und mit so gutem Erfolge daran riß, daß sofort die Magd gelaufen kam. Wie die mich auf dem Boden liegen sah, mit verwirrtem Haar und vor lauter Angst und Aufregung mit blutender Nase – was die Sache noch etwas tragischer machte – und den alten Schuft dazu, der noch immer hinter mir her war, da wurde sie selber verwirrt und wußte nicht was tun. Die Umstände, wie sie uns fand, mußten der Martha den Eindruck machen, daß die Angelegenheit schon weiter gekommen sei, als sie wirklich war, und daß ich die Ehre des Hauses schon völlig gerettet haben müßte, weshalb sie meine Partei nahm und dem Herrn riet, hinunter zu gehen. Ich würde mich bald erholen, und wenn Madame und Phöbe erst wieder nach Hause gekommen wären, würden sie schon alles ordnen, bis dahin möge er ein bißchen Geduld haben. Das sagte sie in einem sehr bestimmten Ton; und da der Alte wohl selbst dachte, daß sein Dableiben die Sache nicht besser machen würde, nahm er Hut und Stock und ging brummend hinaus. Ich erinnere mich noch, wie er dabei viele Falten in seine Stirne machte, daß er aussah wie ein alter Affe.

Sobald er weg war, bot mir Martha sehr zärtlich ihre Hilfe an, wollte mir Hirschhorntropfen geben und mich ins Bett bringen, was ich durchaus nicht wollte, aus Angst, der Mensch käme wieder und wäre dann im Vorteil. Aber sie schwor mir, daß ich diese Nacht Ruhe haben würde, und so legte ich mich nieder. Ich war so matt, daß ich kaum die Fragen beantworten konnte, mit denen mich die neugierige Person belästigte.

Und dabei dachte ich mit Angst an die Brown, gerade als ob ich die Verbrecherin und sie die Beleidigte gewesen wäre. Aber es hatten ja auch an meinen Widerstand weder die natürliche Tugendhaftigkeit – wenn es so etwas überhaupt gibt – noch irgendwelche moralische Grundsätze den mindesten Anteil, sondern bloß meine Abneigung und mein Ekel vor diesem ersten brutalen und widerlichen Liebhaber. So wartete ich mit

Angst und Verzweiflung auf die Rückkehr der Brown. Abends um elf kamen die beiden heim. Martha war hinuntergelaufen, um sie einzulassen; Herr Krofts – so hieß das Scheusal – war schon fort, nachdem er sich müde gewartet. Martha gab wohl den beiden einen mir günstigen Bericht, und so kamen sie alsbald miteinander die Treppe heraufgestapft. Wie sie mich blaß und mit blutigem Gesicht fanden, kümmerten sie sich mehr darum, mich zu trösten als mir, wie ich zu fürchten dumm genug war, Vorwürfe zu machen. Endlich ging die Brown, und Phöbe kam sogleich zu mir ins Bett. Durch Fragen überzeugte sie sich bald, daß ich mehr Schrecken ausgestanden als Schaden gelitten hätte. Wir sprachen nicht viel. Phöbe schlief bald ein und ich fiel in eine Art Ohnmacht, aus der ich am nächsten Morgen mit einem heftigen Fieber erwachte. Man pflegte mich wie ein junges Huhn, das man, bevor man es an den Bratspieß steckt, noch mästet und füllt, und ich, ich war glücklich über die Sorgfalt, mit der man mich umgab. Meine Jugend kam bald über die Erkrankung hinweg, wozu nicht wenig beitrug, daß man mir die Mitteilung machte, Herr Krofts sei wegen großer Schwindeleien ins Gefängnis gesetzt worden, aus dem er nicht sobald wieder herauskommen würde. Das söhnte die Brown vollends mit mir aus, und sie erlaubte allen Mädchen ihrer Herde, mich zu besuchen, natürlich in der Absicht, daß mich ihre Reden leichter dahin brächten, wo mich die Brown haben wollte.

Die Mädchen waren alle sehr lustig und leichtsinnig, und ich fing allmählich an, sie um ihren Zustand zu beneiden; und das wurde schließlich so stark, daß es das Ziel meines Ehrgeizes wurde, eine der ihren zu werden, welche Stimmung sie geschickt zu steigern verstanden. Es fehlte mir jetzt nichts als die völlige Wiederherstellung meiner Gesundheit: Ich war zu allem bereit. Nicht etwa aus Verzweiflung, nein – aus erwachender Lust am Vergnügen, aus Eitelkeit und ein bißchen wohl auch aus Furcht, auf die Straße gesetzt zu werden und da zu verhungern.

Ich war bald wieder ganz hergestellt und durfte zu gewissen Stunden nach Belieben im Hause umhergehen. Nur darauf sah man sorgfältig, daß ich keine Herrengesellschaft sähe, bis zur Ankunft des Lord B***, dem mich die Brown zu verkuppeln beschlossen hatte und mit dem sie mehr Glück zu haben hoffte, als mit Herrn Krofts. Ich war, wie gesagt, zu allem entschlossen, ich war gewonnen, wie Phöbe sagte, und man hätte ruhig die Tür meines Käfigs offenlassen können – ich dachte nicht daran, zu entwischen, so hatte ich mich schon völlig in den Plan des Hauses gefunden.

Was bis jetzt an meiner Unschuld verdorben war, das dankte ich den Mädchen des Hauses: Ihr schlüpfriges Reden, die Beschreibungen von ihrem Verkehr mit den Männern hatten mir hinlängliche Einsicht in die Natur und die Geheimnisse ihres Handwerks gegeben und mein Blut angenehm erregt. Dazu setzte auch Phöbe, deren Bettgenossin ich noch immer war, ihren eingehenden Unterricht nicht aus, und was ich nicht aus ihren Beschreibungen erfuhr, das sah ich mit meinen Augen.

Eines Tages befand ich mich so gegen Mittag zufällig in dem dunklen Kabinett der Madame und hatte da kaum eine halbe Stunde auf einem Bett gelegen, als ich ein Rauschen in der Schlafkammer hörte, die von dem Kabinett nur durch zwei Glastüren getrennt war, an denen gelbseidene Vorhänge hingen. Die waren nicht so weit zugezogen, als daß ich nicht vom Kabinett aus das ganze Zimmer hätte übersehen können.

Ich schlich mich leise an die Tür und da erschien auch schon die Äbtissin des Klosters selber mit einem langen, jungen Reiter, einem wahren Herkules – ein Bursche, wie ihn sich die erfahrenen Londoner Damen für ihre Zwecke wählen.

Still und unbeweglich stand ich auf meinem Posten, damit kein Geräusch mich in meiner Neugierde verraten und Mutter Äbtissin hereinbringen mochte.

Ich hatte keine Ursache, dies zu befürchten, denn sie war so sehr von ihren eigenen Angelegenheiten erfüllt, daß sie weder Sinn noch Aufmerksamkeit für sonst etwas in der Welt hatte.

Am Ende gingen sie beide liebevoll miteinander hinaus; nicht ohne daß die alte Dame dem Burschen vorher ein Geschenk, soweit ich sehen konnte, von drei oder vier Goldstücken gemacht hatte; denn er war nicht bloß ihr erster Liebling, sondern er gehörte gewissermaßen mit zum Hause: Die Alte hielt mich aber sorgfältig vor ihm verborgen, damit er nicht darauf bestünde, der Vorläufer des Lords zu sein; denn jedes Mädchen im Hause fiel dem Burschen der Reihe nach zu.

Sobald ich die beiden die Treppe hinuntergehen hörte, stahl ich mich leise in mein Zimmer, in dem ich glücklicherweise nicht vermißt worden war.

Phöbe kam erst zu Bett, als ich schon schlief. Sobald wir beide wach waren, dauerte es nicht lange, daß wir unser Geplauder auf jenen Punkt brachten.

Phöbe konnte das Ende nicht abwarten, ohne mich mehr als einmal durch ein heftiges Gelächter zu unterbrechen, und meine naive Art zu erzählen, mehrte noch sehr ihr Vergnügen daran.

Dann versprach sie mir, da mich der Zufall zu einem Schauspiel dieser Art geführt hätte, daß sie mir noch ein anderes verschaffen wolle, das mir eine bessere Augenweide bieten solle.

Und nun fragte mich Phöbe, ob ich Polly Philips kennte. „Ist es", fragte ich, „das schöne Mädchen, das so zärtlich gegen mich war, als ich krank war und die erst, wie Sie mir sagten, zwei Monate hier im Hause ist?" „Die ist es", sagte Phöbe, „sie wird von einem jungen genuesischen Kaufmann ausgehalten, den sein Onkel, der unermeßlich reich und dessen Liebling er ist, mit einem befreundeten Kaufmann nach England geschickt hat, angeblich in Geschäften, tatsächlich aber, um ihm zum Reisen Lust zu machen. Der Genueser traf Polly zufällig in einer Gesellschaft, und weil sie ihm gefiel, so gab er sich mit ihr ab; er besuchte sie zwei- oder dreimal die Woche und sie empfängt ihn im gelben Kabinett, eine Treppe hoch. Ich sage nicht mehr; aber morgen ist sein

Tag, und da sollen Sie sehen, was zwischen ihnen vorgeht, und zwar von einem Platz aus, den bloß Frau Brown und ich kennen."

Sie können sich denken, daß ich nichts dagegen einzuwenden hatte.

Folgenden Tages um fünf Uhr abends kam Phöbe auf mein Zimmer und bat mich ihr zu folgen.

Wir gingen die Hintertreppe leise hinunter, und Phöbe öffnete die Tür eines finsteren Kabinetts, wo alte Möbel und Schnaps- und Weinkisten standen; hier zog sie mich hinein, und wie sie die Tür zumachte, hatten wir kein anderes Licht als dasjenige, das durch eine Öffnung in der Wand fiel, die zwischen uns und dem gelben Kabinett war, so daß wir auf niedern Kistchen sitzend alles mit größter Bequemlichkeit und Deutlichkeit sehen konnten, ohne selbst gesehen zu werden; wir hielten bloß unser Auge dicht an die Öffnung.

Der junge Genueser war der erste, den ich sah; er war mit dem Rücken gegen uns gewandt und beschaute einen Kupfer. Polly war noch nicht da, aber da öffnete sich schon die Tür, und sie trat ein; bei dem Geräusch drehte er sich um und ging ihr entgegen; der Ausdruck seines Gesichtes war voll Zärtlichkeit und Glück.

Nachdem sie einander begrüßt hatten, führte er sie an ein Ruhebett, das uns gegenüber stand, und reichte ihr ein Glas Wein mit etwas neapolitanischem Biskuit auf einem Teller.

Der junge Genueser setzte sich ebenfalls nieder, er hatte Polly, die ihre Arme um seinen Hals geschlungen hatte, auf seinem Knie; die außerordentliche Weiße ihrer Farben hob sich von seinem sanften, glühenden Braun sehr hübsch ab.

Wer könnte die unzähligen feurigen Küsse, alle die stürmischen Zärtlichkeiten zählen, die gegeben und geraubt wurden!

Nun konnte ich nicht länger zusehen; ich war so verwirrt, daß es Phöbe auffallen mußte. Sie zog mich mitfühlend nach der Türe hin, öffnete sie so leise wie möglich und führte mich in mein Zimmer zurück.

Es war gerade zwei Tage nach der Szene im Kabinett, als ich des Morgens um sechs Uhr aufstand und mich von meiner Mitschläferin wegstahl, die noch fest schlief; ich wollte in den kleinen Garten, frische Luft zu schöpfen; eine Tür aus unserer Hinterstube ging nach dort hinaus; wenn Gesellschaft bei uns war, durfte ich nicht in den Garten, aber jetzt schlief noch alles fest.

Ich öffnete also leise die Tür in die Hinterstube und erblickte zu meinem Erstaunen neben einem halb erloschenen Kaminfeuer einen jungen Herrn im Armstuhl der alten Dame, mit übergeschlagenen Beinen und fest schlafend. Seine Freunde hatten ihn betrunken gemacht und hier zurückgelassen; jeder war mit seiner Geliebten davongegangen, nur er blieb allein zurück, da die Alte ihn nicht wecken und in seinem betrunkenen Zustand nachts um eins aus dem Hause lassen wollte. Die Betten waren wahrscheinlich alle besetzt gewesen; auf dem Tische standen noch die Punschbowle und die Gläser herum, wie es bei trunkenen Nachtgelagen auszusehen pflegt.

Als ich leise näher trat, welch ein Anblick bot sich mir da! Keine Jahre und keine Schicksale könnten den Eindruck aus meiner Seele nehmen, den ich da erhielt. Ja, du süßester Gegenstand meiner ersten Leidenschaft, immer schwebt die Erinnerung deines Anblicks vor meinen entzückten Augen!

Stellen Sie sich ihn vor, Madame: einen schönen Jüngling zwischen achtzehn und neunzehn, den Kopf leicht auf die eine Seite des Stuhls gelehnt, das Haar in unordentlichen Locken, das Gesicht halb beschattend, auf dem sich die rosige

Blüte der Jugend mit aller männlichen Grazie und Kraft vereinigten, meine Augen und mein Herz ganz gefangen zu nehmen. Selbst die Ermüdung und die Blässe gab seinem Gesichte eine unaussprechliche Süßigkeit; seine Augen bedeckten die sanftesten Wimpern und kein Pinsel hätte regelmäßigere Bogen über sie ziehen können, als die seiner Brauen. Vollkommen weiß war seine Stirn, und seine Lippen waren rot und dem Kusse entgegenschwellend. Hätten nicht Scham und Achtung, die in beiden Geschlechtern immer bei wahrer Leidenschaft sind, mich zurückgehalten, ich hätte den Mund geküßt.

Als ich aber den aufgeknöpften Hemdkragen und die schneeweiße Brust sah, konnte ich mich nicht enthalten, für seine Gesundheit zu sorgen; mit zitternder Hand faßte ich die seine, und weckte ihn auf, so sanft wie ich nur konnte. Erst sah er verwirrt umher und fuhr in die Höhe; und dann mit einer Stimme, die mir ins Herz drang: „Ich bitte dich, liebes Kind, sag mir, was die Uhr ist?" Ich sagte ihm die Zeit und fügte noch hinzu, er könnte sich erkälten, wenn er länger in der Morgenkühle so mit offener Brust schliefe. Er dankte mir mit lieben Worten, die ganz mit dem Ausdruck seiner Augen übereinstimmten, diesen

Augen, die jetzt weit offen waren, mich lebhaft anblickten und mit dem Feuer durchdrangen, das aus ihnen leuchtete.

Es schien, als ob er, weil er zuviel getrunken hatte, nicht imstande gewesen sei, mit seinen Freunden mitzutun und die Nacht mit einem Mädchen zu beschließen; so dachte er wohl, da er mich im losen Negligé sah, nicht anders, als daß ich ein Mädchen des Hauses wäre, das hereingeschickt worden sei, das Unterlassene nachzuholen, was ich ganz verständlich fand. Doch redete er mich durchaus nicht gewöhnlich und grob an, und das vielleicht aus Höflichkeit oder weil ich ihm mehr als einen gewöhnlichen Eindruck machte – aber doch immer den eines Hausmöbels, das zu seinem Vergnügen da war; und indem er mir einen liebreichen Kuß gab – den ersten, den ich je von einem Manne empfing – fragte er mich, ob ich ihm Gesellschaft leisten wolle: Es solle mich nicht gereuen.

Ich sagte ihm in einem Tone, der meine Liebe wohl merken ließ, daß ich aus Gründen, die jetzt zu erzählen keine Zeit wäre, nicht bei ihm bleiben könnte, ja ihn vielleicht nie wieder sehen würde, und ich seufzte bei diesen Worten aus der Tiefe meiner Brust. Mein Eroberer, der, wie er mir später sagte, von meiner Erscheinung verwirrt war und mich so liebgewonnen hatte, wie das bei einer Person der Art, wie ich eine zu sein schien, möglich war, fragte mich lebhaft, ob ich von ihm ausgehalten sein wolle; er würde sofort eine Wohnung für mich nehmen und mich von den Verpflichtungen befreien, die ich, wie er glaubte, gegen das Haus hatte. So rasch und plötzlich wie der Antrag kam und so gefährlich, wie er von einem Fremden war, gab doch die Liebe, die er in mir erregt hatte, seiner Stimme einen Reiz, dem ich nicht widerstehen konnte und der mich gegen jede innere Warnung taub machte. Ich hätte für ihn sterben können. Nun, Sie begreifen darum, daß ich der Einladung, mit ihm zu leben, nicht widerstehen konnte. So war mein Herz schon nach einigen Minuten zu der Antwort entschlossen, den Antrag anzunehmen und mit ihm zu entfliehen, auf jede Bedingung, die er machen würde, ob gut oder schlimm. Es wunderte mich später, daß meine rasche Bereitwilligkeit mich ihm nicht unangenehm oder geringwertig machte; aber es kam mir zugute, daß er aus Angst vor den Gefahren der Stadt sich schon einige Zeit um ein Mädchen umgesehen hatte, das er zu sich nehmen wollte.

Und wie ich nun solchen Eindruck auf ihn machte, geschah es durch eins der Wunder, die der Liebe vorbehalten sind, daß wir sogleich einig wurden: was wir durch Küsse besiegelten, mit denen er sich in der Erwartung eines ungestörten größeren Genusses für jetzt begnügte.

Niemals besaß ein junger Mann in seinem ganzen Wesen mehr, das alle Betörung eines Mädchens entschuldigte und es allen Folgen trotzen ließ, die daraus entstehen konnten!

Unser Plan ging dahin, daß ich mich am nächsten Morgen um sieben Uhr wegstehlen sollte – was ich sofort versprach, da ich wußte, wo ich den Hausschlüssel bekommen konnte – und er wollte dann am Ende der Straße mit einer Kutsche auf mich warten, die mich an einen sicheren Ort bringen sollte. Dann wollte er zu Frau Brown schicken und ihr die Kosten meines Aufenthaltes bezahlen. Er glaubte, daß sie sich nicht viel um den Verlust eines Mädchens kümmern würde, das nur da wäre, um Kunden ins Haus zu locken.

Ich gab ihm hierauf zu bedenken, daß ich fürchtete, unser Fluchtplan würde vereitelt werden, wenn uns jetzt jemand zusammen träfe, und so riß ich mich mit blutendem Herzen von ihm los und stahl mich leise in mein Zimmer zurück. Phöbe schlief noch immer ganz fest, ich warf eilig meine wenigen Kleider ab und legte mich zu ihr; Freude und Angst waren in mir, was man sich eher vorstellen als ausdrücken kann.

Die Angst, daß Frau Brown meinen Plan entdecken mochte, die Angst vor fehlschlagenden Hoffnungen, Elend und Untergang, alles schwand hin vor meiner Liebe: Mit dem Ideal meiner Träume jungfräulichen Herzens zu leben, und wäre es auch nur für eine einzige Nacht – das schien mir ein Glück, das mehr war als meine Freiheit und mein Leben. Er kann nicht schlecht mit mir sein – also soll Er es sein! Er war der Mann! Glücklich, nur zu glücklich, selbst den Tod von einer so geliebten Hand zu erleiden!

In solchen Gedanken verging mir der Tag, der mir eine Ewigkeit zu sein schien. Wie oft sah ich nach der Uhr, wie gern hätte ich den langsamen Zeiger vorgerückt. Hätten die im Hause nur etwas auf mich acht gegeben, sie hätten gewiß in meiner Unruhe, die ich nicht verbergen konnte, etwas Ungewöhnliches entdeckt; besonders da bei Tisch der reizende Jüngling erwähnt wurde. „Ach, er war so schön!" „Ich hätte für ihn sterben mögen!" „Sie werden sich um ihn reißen!" So sprach man über ihn, was nur noch mehr Öl in mein Feuer goß.

Dieser Zustand, den ganzen Tag hindurch, brachte mir das Gute, daß ich vor Ermattung die ganze Nacht fest schlief, bis um fünf Uhr morgens. Da stand ich auf, zog mich an und wartete mit doppelter Angst und Ungeduld auf die bestimmte Stunde, und endlich kam sie, die süße, gefährliche Stunde, und ich ging von der Liebe ermutigt auf den Zehen die Treppe hinunter. Meine Schachtel ließ ich zurück, aus Angst entdeckt zu werden, wenn man mich damit sähe.

Ich kam bis an die Straßentür, deren Schlüssel immer auf dem Stuhl neben unserm Bett lag; Phöbe hatte so viel Vertrauen zu mir, daß sie ihr schon nicht durchgehen würde, was mir vorher auch wohl nicht eingefallen wäre. Ich öffnete die Tür ganz leise – meine Liebe schützte mich auch dabei – und kam auf die Straße, wo ich meinen guten Engel an der schon geöffneten Kutschentür auf mich warten sah. Wie ich zu ihm kam, weiß ich nicht – ich glaube, ich flog zu ihm. In einer Sekunde war ich im Wagen, und der Geliebte neben mir und schlang die Arme um mich und küßte mich, während der Kutscher davonfuhr.

Ich weinte Freudentränen. Mich in den Armen dieses schönen Jungen zu fühlen, war ein Entzükken, das über die Kraft meines kleinen Herzens ging. Vergangenheit und Zukunft waren vergessen. Das Gegenwärtige zu tragen, das war alles, was meine Kräfte gerade noch aushalten konnten. Von seiner Seite fehlte es nicht an den zärtlichsten Umarmungen und den süßesten Worten, daß ich seiner Liebe sicher sein solle und daß er mir keine Gelegenheit geben werde, den kühnen Schritt zu bereuen, den ich getan hätte, da ich mich ihm ganz auf Ehre und Großmut ergab. Aber das war wahrhaftig nicht mein Verdienst, denn eine Leidenschaft, die ich nicht unterdrükken konnte, trieb mich zu ihm, und was ich tat, tat ich nur, weil ich nicht anders konnte.

In einem Augenblicke – so schien es mir – kamen wir bei einem Logierhause in Chelsea an, das für Duellpartien der Liebe bequem eingerichtet war; ein Frühstück mit Schokolade stand für uns schon bereit.

Das Haus gehörte einem alten drolligen Kerl, der sich auf das Leben vortrefflich verstand. Er frühstückte mit uns, sah mich lustig an und wünschte uns beiden Glück. Wir paßten wirklich sehr schön zusammen, sagte er, und daß eine

Menge edler Damen und Herren sein Haus besuchten, nie aber hätte er ein so hübsches Paar gesehen, und er wäre überzeugt, ich wäre etwas ganz Frisches, ich sähe so ländlich unschuldig aus – und derlei sprach er noch mehr und alles in dem leichten scherzenden Ton eines Gastwirts, was mich nicht nur beruhigte und mir gefiel, sondern auch meine Befangenheit vor meinem neuen Geliebten ganz verdrängte. Vor dem Jungen begann ich mich jetzt zu fürchten, da die Minute heranrückte, in der ich mit ihm allein sein sollte – eine Furcht, an der wahre Liebe größeren Anteil hatte als jungfräuliche Schamhaftigkeit.

Es zog mich zu ihm, ich liebte ihn, hätte für ihn sterben mögen, und doch fürchtete ich, ich weiß nicht warum, den Augenblick, der mein heißester Wunsch gewesen war. Dieser Widerstreit der Leidenschaften, dieser Kampf zwischen Züchtigkeit und Liebesverlangen machte, daß ich wieder in Tränen aufging; er aber glaubte, ich weinte über meine veränderte Lage und weil ich mich nun ganz ihm überlassen hätte, und so tat und sprach er alles Mögliche, was mich trösten und aufrichten sollte.

Nach dem Frühstück nahm mich Charlie – diesen Namen will ich künftighin meinem teuern

Geliebten geben – mit einem eigentümlichen Lächeln bei der Hand und sagte: „Komm, Liebste, ich will dir dein Zimmer zeigen, das eine herrliche Aussicht in den Garten hat." Und ohne die Antwort abzuwarten, was mir sehr lieb war, führte er mich in einen luftigen hellen Raum, in dem uns ein sauberes Ruhelager empfing.

Charlie hatte schnell die Tür verriegelt, eilte auf mich zu, nahm mich in die Arme, hob mich auf und preßte seine glühenden Lippen auf die meinen.

Wir brachten den ganzen Vormittag bis zum Abend in einer ununterbrochenen Reihe von Küssen und allerlei verliebtem Getändel hin. Ich war in Gedanken an mein Glück so in Verzükkung verloren, daß mir mein Leben um den Preis meines Ruins oder um die Gefahr, daß sich das alles ändern könnte, gleichgültig schien. Die Gegenwart war alles, was mein kleines Hirn fassen konnte. Erst spät am nächsten Morgen machte ich mich leise aus den Armen meines Geliebten los, der noch in tiefem Schlaf lag; kaum wagte ich zu atmen, um ihn nicht zu wecken. Ich konnte mich nicht satt sehen an seiner jugendlichen Schönheit und bedeckte sein Antlitz mit neuen Küssen, als er endlich die Augen aufschlug und mich liebevoll umfing, um mir einen guten Morgen zu wünschen.

Später erzählte mir Charlie die Geschichte seines Lebens. Er war der einzige Sohn eines Vaters, der bei sehr kleinen Einkünften, die ihm seine Stellung einbrachte, dem Jungen nur eine sehr dürftige Erziehung geben konnte. Für ein Handwerk wollte er ihn nicht erziehen, sondern hatte sich vorgenommen, ihm eine Fähnrichsstelle in der Armee zu kaufen, das heißt, wenn er das Geld dafür würde aufbringen können; keine besseren Absichten und Wünsche hatte dieser törichte Vater für seinen Sohn, einen vielversprechenden Jüngling. Er ließ ihn in Müßigkeit heranwachsen und mannbar werden, ohne ihm auch nur die allergewöhnlichsten Warnungen vor den Lastern der Stadt und vor den Gefahren zu geben, die da auf den Unerfahrenen und Unvorsichtigen warten.

Der junge Mensch lebte bei seinem Vater, der sich eine Mätresse hielt und im übrigen nachsichtig und gütig gegen ihn war, solange er kein Geld forderte; er durfte außerhalb des Hauses schlafen, so oft er wollte, der Vater ließ jede Entschuldigung gelten, und selbst seine Verweise waren so harmlos, daß sie mehr Nachsicht gegen den Fehltritt als ernsthafter Vorwurf waren. Seinem Geldmangel half eine Großmutter von seiten seiner verstorbenen Mutter ab, die in den Jungen ganz verliebt war und damit nur noch mehr zu seinem Verderben beitrug. Die Großmutter lebte von einer ansehnlichen Rente und gab jeden Schilling, den sie ersparen konnte, ihrem Liebling, was den Vater etwas verdroß, da er fürchtete, daß sie ihm Charlie auf diese Weise entfremde; daß sie damit den ausschweifenden Lebenswandel des Sohnes begünstigte, das kümmerte ihn weniger. Die nachteiligen Folgen dieser niedrigen Eifersucht des Vaters zeigten sich nur zu bald.

Charlie war durch die verschwenderische Liebe seiner Großmutter hinlänglich instand gesetzt, eine so anspruchslose Mätresse auszuhalten, wie ich es war, die ihn liebte und deren Schicksal es wollte, ihm gerade in den Weg zu kommen, als er eine Geliebte suchte.

Sein sanftes Gemüt und seine netten Manieren ließen ihn zu häuslichem Glück wie geschaffen sein; die großen, glänzenden Eigenschaften des Genies hatte er nicht, dafür aber die bescheidenen eines lieben Menschen: einfachen, gesunden Menschenverstand, Grazie, Bescheidenheit und Gutherzigkeit; und diese Eigenschaften machten ihn, wenn auch nicht bewundert, so doch, was angenehmer ist, allgemein beliebt und geachtet. Da zunächst nichts sonst als seine Körperschönheit meine Augen auf ihn gelenkt und meine Leidenschaft gefesselt hatte, so hatte ich damals noch kein Urteil über seinen inneren Wert, den ich erst nach und nach entdeckte, – in jenen ersten Tagen des Rausches und der Freude wäre mein Herz davon auch nicht bewegt worden. Aber ich will nun fortfahren, wo ich aufgehört habe.

Nach dem Essen stand Charlie auf, nahm zärtlich Abschied von mir und ging in die Stadt, wo er mit einem tüchtigen Advokaten sich besprechen und zu meiner verflossenen ehrwürdigen Gebieterin gehen wollte, der ich erst tags zuvor entschlüpft war, und mit der er sich auf guter Art abfinden zu können hoffte.

Sie gingen also zu Madame Brown. Unterwegs fand aber der Advokat, der Charlies Freund war und die Sache nochmals überdachte, einen Grund, dem Besuche eine ganz andere Wendung zu geben: nämlich statt Genugtuung anzubieten, Genugtuung zu fordern.

Kaum waren sie eingetreten, hingen sich gleich die Mädchen vom Hause an Charlie, da ihn alle erkannten; nicht etwa weil auf ihn ein Verdacht meiner Flucht fiel – ich war ja frühmorgens entwichen, und keine wußte, daß Charlie mich je gesehen hatte –, sie umringten ihn nur nach der Dirnenart des Werbens. Seinen Begleiter, den Advokaten, hielten sie für einen unerfahrenen Schöps, der aber allen Spaßen bald damit ein Ende machte, daß er nach der alten Dame fragte, mit der er, wie er mit Amtsmiene erklärte, etwas in Ordnung zu bringen habe.

Nun wurde sofort Madame herübergerufen, und nachdem er ersucht hatte, daß die Damen sich entfernten, fragte der Rechtsanwalt die Alte in strengem Ton, ob sie ein junges Mädchen kenne und unter dem Vorwand eines Dienstmädchens in dieses Haus gebracht hätte; das betreffende Mädchen sei eben erst vom Lande gekommen, hieße Franziska oder Fanny Hill und sähe so und so aus.

Das Laster zittert vor der Gerechtigkeit, und Frau Brown, deren Gewissen ja meinetwegen nicht ganz sauber war, konnte doch, so gut sie sich auch auskannte und so sehr ihr auch alle Gefahren ihres Berufes vertraut waren, ihre Verwirrung nicht verbergen, und das um so weniger, als der Advokat nun von Friedensrichter, Newgate, Oldbailey, Anklage über die Haltung eines unordentlichen Hauses und dem ganzen Prozeß dieser Art zu reden anfing. Die Alte glaubte wahrscheinlich, ich hätte gegen sie und ihr Gewerbe eine Klage eingereicht, wurde blaß und machte tausend Entschuldigungen und Beteuerungen ihrer Unschuld. Um es kurz zu sagen: Sie brachte sofort meine Kleiderschachtel, wie als Beweis ihrer Unschuld, und zugleich aber auch eine Rechnung über alle Forderungen des Hauses an mich, zusammen mit den Unkosten einer Punschbowle, mit der die Sache gefeiert werden sollte, welche Bowle aber ausgeschlagen wurde. Charlie spielte während der ganzen Verhandlung den liebenswürdigen Gesellschafter des Advokaten und stellte sich zu der ganzen Sache völlig uninteressiert; nebenbei hatte er aber auch das Vergnügen zu erfahren, daß alles das, was ich ihm erzählt hatte, vollständig richtig war. Die Angst der alten Kupplerin muß nicht gering gewesen sein, nach dem Vergleich zu schließen, den sie so schnell einging. Phöbe, meine gütige Beschützerin, war gerade nicht zu Hause, sonst wäre die Angelegenheit wohl nicht so schnell abgetan gewesen.

Die Unterhaltung mit der Brown hatte einige Zeit gedauert, die mir sicher noch länger vorgekommen wäre, so allein wie ich in einem fremden Hause war, wenn die Hausfrau, eine gute Person, der mich Charlie empfohlen hatte, nicht heraufgekommen wäre, mir Gesellschaft zu leisten. Wir tranken Tee, und was sie erzählte, vertrieb mir die Zeit ganz angenehm, weil Charlie unser Gesprächsstoff war. Als es aber Abend wurde und Charlie doch schon hätte zurück sein müssen, wurde ich sehr unruhig, und jene zärtliche Furcht der Geliebten kam über mich, wie wir Frauen sie leicht empfinden.

Die Qual dauerte aber nicht lange, und sein Anblick entschädigte mich reichlich dafür, die sanften Vorwürfe, die ich für ihn vorbereitet hatte, erstarben, bevor ich noch meine Lippen dazu öffnete.

Charlie flog zu mir, nahm mich in seine Arme, die meinigen schlugen sich um ihn und nun erzählte er mir unter Küssen alles, was vorgefallen war.

Ich konnte mich des Lachens nicht enthalten, bei der Schilderung des Schreckens, der der Alten in die Glieder gefahren war; mir scheint, sie hat wohl gefürchtet, ich sei zu Verwandten geflohen, die ich in der Stadt aufgefunden hätte, und daß von daher der Angriff käme. Kein einziger Nachbar hatte, wie Charlie richtig vorausgesehen hatte, mein Verschwinden im Wagen bemerkt;

auch im Hause hatte niemand Verdacht, daß ich Charlie gesehen oder gesprochen, nicht zu denken an eine Flucht mit einem gänzlich fremden Menschen. Man sollte immer die größte Unwahrscheinlichkeit in Rechnung ziehen.

Wir aßen mit der ganzen Fröhlichkeit junger, verliebter und glücklicher Geschöpfe zu Nacht, und da ich Charlie mit Freuden mein ganzes künftiges Geschick übergeben hatte, dachte ich an nichts als an die unaussprechliche Wonne, ihm zu gehören.

Ich schwamm in Seligkeit, bis fester Schlaf uns beide umfing, die natürliche Folge erfüllter Liebe und gelöschter Flammen, und wir erwachten nicht früher als zu neuen Freuden.

Auf diese Weise lebten wir selig zehn Tage in Chelsea, während welcher Zeit Charlie sein Ausbleiben von zu Hause unter irgendeinem Vorwand entschuldigte und sich brieflich bemühte, mit seiner zärtlichen, nachsichtigen Großmutter auf gutem Fuße zu bleiben; er brauchte ihre Unterstützung, um mich zu erhalten, – eine Last, die eine Kleinigkeit war gegen das, was ihn seine früheren Ausschweifungen gekostet hatten.

Von Chelsea brachte mich Charlie in eine hübsch möblierte Privatwohnung nach der

D***straße, in St. James, wo er eine halbe Guinee die Woche für zwei Zimmer und ein Kabinett in der zweiten Etage bezahlte. Die neue Wohnung lag bequemer für seine häufigen Besuche als die erste, wo er mich eingemietet hatte und die ich nicht ohne Traurigkeit verließ, da sie mir durch das erste Beisammensein mit Charlie teuer geworden war und ich da jenen Juwel verloren hatte, der nur einmal verloren werden kann.

In meiner neuen Wohnung kam mir alles außerordentlich schön vor, obgleich sie für den Preis gewöhnlich genug war; aber wäre es auch nur ein Loch gewesen, in das mich Charlie gebracht hätte – seine Gegenwart würde mir den schlimmsten Ort zu einem kleinen Versailles gemacht haben.

Die Hauswirtin, Frau Jones, kam, um uns aufzuwarten, in unser Zimmer und machte uns mit außerordentlicher Zungenfertigkeit auf alle Bequemlichkeiten der Wohnung aufmerksam: daß ihr eigenes Mädchen uns bedienen solle, daß die größten Standespersonen bei ihr gewohnt hätten, daß die erste Etage an einen fremden Gesandtschaftssekretär und seine Frau vermietet sei, daß ich wie eine sehr gutherzige Dame aussehe – bei dem Worte Dame wurde ich vor geschmeichelter

Eitelkeit rot. Es war auch wirklich zu viel für ein Mädchen meines Standes, obgleich Charlie für bessere Kleider gesorgt hatte als die waren, in denen ich mit ihm durchgebrannt war, und er mich für seine Frau ausgab, die er heimlich geheiratet hätte und versteckt hielt – das gewöhnliche Märchen – seiner Verwandten wegen. Ich möchte schwören, daß die Frau, die die Stadt so gut kannte, kein Wort davon glaubte; aber es bekümmerte sie das gar nicht: Wichtig war ihr nur der Profit aus ihren vermieteten Zimmern; die Wahrheit würde sie weder beleidigt noch den Mietskontrakt aufgehoben haben.

Eine Skizze ihrer Geschichte und ihres Bildes wird Sie beurteilen lassen, welche Rolle sie in meinen Angelegenheiten spielte.

Sie war etwa sechsundvierzig Jahre alt, lang, mager, rothaarig, mit einem Alltagsgesicht, wie man es allerorts trifft und wie es an einem unbemerkt vorübergeht. In ihrer Jugend war sie von einem Herrn ausgehalten worden, der ihr und der Tochter, die sie von ihm hatte, vierzig Pfund jährlich auszahlte. Die Tochter hatte sie im Alter von siebenzehn Jahren für eine nicht unbedeutende Summe an einen Herrn verkauft, der als Gesandter an einen fremden Hof ging und sie, da er sie liebte, dahin mitnahm, aber unter der Bedingung, daß sie alle Beziehungen mit einer Mutter abbrechen müsse, die gemein genug war, mit ihrem eigenen Fleisch und Blut Handel zu treiben. Da diese gute Mutter aber keine natürlichen Empfindungen und keine andere Leidenschaft als den Geiz hatte, so schmerzte sie das nur insoweit, als ihr mit der Tochter das Mittel verloren ging, Geschenke zu erpressen oder andere Vorteile aus dem Kauf zu ziehen. Sie war von Natur und Temperament für kein anderes Vergnügen als das, ein Vermögen anzuhäufen, und scheute zu dem Zwecke auch kein Mittel: Sie wurde geheime Unterhändlerin, zu der sie ihr ernstes, züchtiges Äußere sehr tauglich machte, sie vermittelte Heiraten, Geldgeschäfte und trieb geheimnisvolle Praktiken – kurz, es gab nichts, das sie nicht für Geld unternommen hätte. Dabei kannte sie alle Schlupfwinkel und Wege Londons wie ihre Tasche. Aus ihrem Haus zog sie soviel Miete als möglich; obgleich sie beinahe drei- bis viertausend Pfund Rente besaß, gönnte sie sich doch kaum die Notwendigkeiten des Lebens und nährte sich von dem, was sie ihren Mietlingen abbetteln konnte.

Kam ein junges Paar in ihr Haus, so dachte sie sicher zuerst, wieviel sie daraus Profit ziehen könnte, und mißbrauchte mit jedem Mittel, das mit Geld möglich war, unsere Jugend und Unerfahrenheit.

In diesem vielversprechenden Heiligtum und unter den Augen dieser Harpyie bauten wir unser Liebesnest. Es würde weder für Sie noch für mich sehr unterhaltend sein, wenn ich Ihnen alle die niedrigen Geldschneidereien und Mittel erzählen wollte, mit denen sie uns für gewöhnlich rupfte. Aber alles dies litt Charlie lieber geduldig, als daß er sich die Mühe nahm auszuziehen. Ein junger Mann kennt das Geld nicht, er hat keine Ahnung vom Sparen, und ich, ich war ein gewöhnliches Mädchen vom Lande, das von der Sache gar nichts verstand.

Hier verflogen mir, unter den Flügeln meines einzig Geliebten, die vergnügtesten Stunden meines Lebens; ich hatte meinen Charlie und mit ihm, was mein Herz wünschen und verlangen konnte. Er führte mich ins Schauspiel, in die Oper, auf Maskeraden und alle Vergnügungen der Stadt, was mir alles ausnehmend gefiel, aber doch mehr deshalb, weil er bei mir war; jedes Ding erklärte er mir, und es machte ihm sicher Spaß, mein naives Staunen und Wundern zu sehen, was mich gar nicht kränkte.

Mir bewies dies deutlich die Macht und Herrschaft, die die Liebe über mich hatte, sie und nichts anderes sonst, und wie ich nur für die Liebe geschaffen war und für keine andern Dinge dieser Welt.

Die Männer, die ich sah, konnten keinen Vergleich mit meinem schönen Geliebten aushalten, so daß ich mir nicht einmal in Gedanken eine Untreue vorzuwerfen hatte. Die Welt und alles, was nicht er war, waren mir nichts. Und so groß war meine Liebe, daß sie auch nicht die geringste Eifersucht aufkommen ließ. Der bloße Gedanke daran machte mir solche Qual, daß mich meine Eigenliebe und die Furcht vor etwas, das mir wie der Tod vorkam, trieb, allem Trotz zu bieten. Und dann hatte ich ja auch nicht den kleinsten Grund zur Eifersucht. Ich könnte Ihnen von manchen Frauen berichten, die mein schöner Charlie mir geopfert hat, – aber ich bin nicht mehr eitel genug, um diese alten Geschichten zu erzählen.

In den Pausen unseres Vergnügens nahm es Charlie auf sich, mich in einer Menge Angelegenheiten des Lebens zu unterrichten – ich war ja ganz unwissend – und kein Wort sprach mein lieber Lehrer vergebens, und das Lernen wurde nur von Küssen unterbrochen, die mehr sagten als alle Weisheit des Ostens und Westens.

Und bald konnte ich zeigen, daß ich nicht nur gelernt und nachgeredet, sondern auch nachgedacht hatte. Das Bäurische in Sprache, Haltung und Manieren legte ich unter der Lehre des Lehrers und des Lebens ab, angeeifert von meiner Liebe, meinem Geliebten von Tag zu Tag teurer zu werden.

Das Geld, das er bekam, brachte er mir und wollte nicht, daß ich ihm dafür einen Platz in meinem Schreibtisch einräume – alles sollte ich haben. Aber alle die Kleider anzunehmen, die er bringen ließ, dazu konnte er mich nicht bewegen; mein Ehrgeiz ging da nicht höher hinauf, als ihm durch größere Nettigkeit in meinem Anzug zu gefallen. Die beschwerlichste Arbeit wäre mir ein Vergnügen gewesen, und ich hätte mir die Finger bis aufs Blut abarbeiten können, nur um ihn zu unterstützen; ich hätte den Gedanken, ihm beschwerlich zu sein, nicht ertragen können, und diese meine Uneigennützigkeit war nicht etwa gemacht, nein, sie war so ganz die Empfindung meines Herzens, daß Charlie es fühlen mußte, auch wenn er mich nicht so sehr geliebt hatte, wie ich ihn. Wer den andern mehr liebte, war übrigens der einzige Streit zwischen uns. Und er war doch ganz so, daß ich es sicher wußte, kein Mann könne zärtlicher, treuer und ergebener sein als er!

Frau Jones, unsere Hauswirtin, kam oft in mein Zimmer, da ich nie ohne Charlie ausging. Es dauerte nicht lange, da hatte sie es heraus, daß wir die Kirche um eine Zeremonie betrogen hatten, und wußte auch die Verhältnisse, unter denen wir lebten – was ihr gar nicht zu mißfallen schien – und nur zu bald hatte sie Gelegenheit, was sie mit mir vorhatte, auszuführen. Einstweilen aber sagte ihr die Erfahrung, daß so ein festes Band, wie das unsere, zu lockern oder aufzulösen, den Verlust zweier Mieter nach sich ziehen könnte, wenn sie einen von uns den Auftrag merken ließe, den sie von einem ihrer Kunden hatte; mich entweder zu verführen oder meinem Liebhaber wegzunehmen, koste es, was es wolle.

Aber die Grausamkeit meines Schicksals ersparte der Jones die Mühe, uns auseinander zu bringen. Fast elf Monate lang lebte ich in Glück und Freude, und nun mußte ich erfahren, daß nichts, was so stark ist, lange Dauer hat. Ich war drei Monate von Charlie schwanger gewesen, ein Umstand, der seine Zärtlichkeit sicher noch vermehrt haben würde, hätte er Gelegenheit gehabt es zu zeigen – da fiel der tödliche Schlag der Trennung auf uns nieder. Ich will über die Einzelheiten rasch hinweggehen, denn es schaudert mir noch heute davor, und ich begreife jetzt noch nicht, wie ich es überleben konnte.

Zwei Tage – eine Ewigkeit für mich – hatte ich nichts von Charlie gehört, ich, die ich nur durch ihn atmete, nur in ihm existierte, und noch keinen Tag gelebt hatte, ohne von ihm zu hören oder ihn zu sehen. Am dritten Tag endlich war meine Aufregung so stark, daß ich ganz krank wurde und unfähig, es länger zu ertragen; ich fiel aufs Bett und klingelte Frau Jones, die mich die Zeit über getröstet hatte. Sie kam herauf, und ich hatte kaum Atem und Leben genug, sie zu bitten, Mittel und Wege zu finden, um zu erfahren, was aus meinem Geliebten geworden war; sie bemitleidete mich auf eine Weise, die meinen Kummer nur noch erhöhte, und ging, um den Auftrag auszuführen.

Sie hatte gar nicht weit bis zu Charlies Haus; er wohnte ganz nah, in einer der Straßen, die nach Coventgarden führen. Hier schickte die Jones nach einem Dienstmädchen, deren Namen ich ihr angegeben hatte und das Auskunft geben konnte.

Das Mädchen kam alsbald und erzählte der Jones, daß der Sohn ihres Herrn – eben mein Charlie – tags zuvor London verlassen habe, wie es das ganze Haus wisse. Und das hätte der Vater zur Bestrafung seines Sohnes angeordnet, weil ihm die Großmutter mehr gegolten habe als er selbst. Der Vorwand, unter dem der Vater die Fahrt als unumgänglich nötig hinstellte, war, daß es die Sicherung einer ansehnlichen Erbschaft gelte, die Charlie von seinem Onkel zugefallen sei, wovon er kürzlich Nachricht und eine Abschrift des Testaments erhalten habe. Der Vater hatte hinter seines Sohnes Rücken schon alle Vorbereitungen getroffen, einen Kontrakt mit dem Schiffseigentümer geschlossen, der Charlie nach Frankreich bringen sollte, kurz, alles so heimlich und geschickt gemacht, daß Charlie, der ahnungslos an eine kleine Fahrt auf der Themse dachte, sich wie ein Verbrecher auf dem Schiff behandelt sah.

So war das Ideal meines Herzens von mir gerissen und zu einer langen Reise gezwungen, ohne daß er von irgend jemand Abschied nehmen oder eine Zeile des Trostes erhalten konnte, außer einer kurzen Anweisung seines Vaters, daß er seine Ankunft mitteilen solle, und einige Briefe an französische Kaufleute. Alle diese Umstände habe ich erst einige Zeit später erfahren.

Das Mädchen sagte noch, daß die Art, wie man ihren lieben jungen Herrn behandle, der sichere Tod der Großmutter sein würde, wie es denn auch wahr wurde; denn die alte Dame überlebte die Nachricht von der Entführung Charlies nur um einen Monat; und da ihr Vermögen in einer Rente bestand, von der sie nichts zurückgelegt hatte, so hinterließ sie ihrem Liebling nichts, was der Mühe wert war. Den Vater vor ihrem Tode zu sehen, hatte sie sich entschieden geweigert.

Als Frau Jones zurückkam und ich ihr Gesicht sah, glaubte ich, da es wenig mitleidig, ja fast vergnügt aussah, sie würde mich durch gute Nachrichten beruhigen. Aber wie grausam ward die Hoffnung getäuscht! Die Unglückselige durchbohrte mein Herz, wie sie mir gelassen das Schreckliche Stück für Stück erzählte, und daß er wenigstens auf vier Jahre – dies Wort betonte sie boshaft – weggeschickt sei und daß ich daher vernünftigerweise nicht erwarten könne, ihn je wiederzusehen – und alles das erzählte sie so ausführlich und mit allen Umständen, daß ich ihr Glauben schenken mußte, und im großen ganzen war es ja auch wahr!

Kaum hatte sie geendet, fiel ich in eine tiefe Ohnmacht, aus der ich in eine andere erwachte. Ich kam mit dem Liebespfand meines Charlie zu früh nieder. Aber der Unglückliche stirbt nie, wenn es gut für ihn wäre, und Frauen haben, wie das Sprichwort sagt, ein zähes Leben.

Die grausame und eigennützige Pflege der Jones stellte mich wieder her, und mein verhaßtes Leben war gerettet; statt der früheren Glückseligkeit und Wonne hatte ich nun nichts als Elend, Grauen und bitteres Leid.

Sechs Wochen lag ich im Kampfe der Jugend und Gesundheit gegen die freundlichen Angriffe des Todes, den ich beständig als Erlöser anrief, der meine Bitten aber nicht erhörte; denn ich stand wieder auf, war aber in einem Zustande der Betäubung und Verzweiflung, daß ich meinte, ich würde darüber den Verstand verlieren müssen.

Aber die Zeit, die starke Trösterin, begann die Heftigkeit meiner Leiden zu lindern und mein Gefühl dafür abzustumpfen. Meine Gesundheit kehrte zurück, aber das Aussehen des Kummers, der Betrübnis und Ermattung behielt ich; das milderte die Röte meines ländlichen Teints und machte mein Gesicht feiner und anziehender.

Die Hauswirtin hatte mich die Zeit hindurch mit allem sorgfältig versehen und ließ es mir an nichts fehlen. Wie sie aber nun sah, daß ich mich wieder in einem Zustand befand, der ihren Absichten mit mir entsprach, wünschte sie eines Tages, nachdem wir gerade gegessen hatten, zur Wiederherstellung meiner Gesundheit Glück – und das war die Vorrede zu einer schrecklichen und niederträchtigen Auseinandersetzung. „Sie sind jetzt, liebe Miß Fanny, wieder ganz wohl und mir sehr willkommen, wenn Sie so lange, als es Ihnen gefällt, bei mir bleiben wollen. Sie wissen, ich habe diese Zeit über nichts von Ihnen gefordert, habe aber doch eine ziemliche Summe von Ihnen zu bekommen, für die ich eine Bürgschaft haben muß." Und damit gab sie mir eine Rechnung über rückständige Miete, Apothekerausgaben, Kost, Wärterin usw., im ganzen eine Summe von dreiundzwanzig Pfund, siebzehn Schillingen und einem Sixpence, die abzutragen ich in der ganzen Welt nicht vermochte, da ich nicht mehr als sieben Pfund hatte, wie sie wohl wußte, und die hatte Charlie zufälligerweise in unserer gemeinsamen Kasse gelassen. Und da fragte sie mich auch schon, wie ich denn diese Summe zu bezahlen gedächte. Ich brach in Tränen aus, erzählte ihr von meiner Lage und daß ich die wenigen Kleider, die ich hätte, verkaufen und den Rest so bald als möglich bezahlen würde. Aber meine Notlage entsprach ihren Absichten, und so wurde sie nur um so hartherziger.

Sie sagte mir gelassen, daß sie ja an meinem Unglück sehr teilnehme, daß sie aber doch auch für sich zu sorgen hätte, so sehr es ihr auch ans Herz gehe, ein so junges, zartes Geschöpf ins Schuldgefängnis zu schicken. Bei dem Wort Gefängnis erstarrte jeder Tropfen meines Blutes, und mein Schrecken war so groß, daß ich blaß wurde wie ein Verbrecher, der zum ersten Male den Ort seiner Hinrichtung erblickt. Meine Wirtin, die mich nur in Schrecken versetzen wollte und nicht in einen Zustand, der nicht ihren Absichten entsprach, lenkte sofort wieder ein und sagte mitleidig, fast zärtlich, daß es nur meine eigene Schuld sein würde, wenn sie zum äußersten greifen müßte, daß sie aber glaube, ich würde wohl noch einen Freund in der Welt finden, der die Angelegenheit zu unser beider Zufriedenheit in Ordnung bringen, und daß sie ihn zum Tee heraufbringen würde, wenn sie hoffen dürfte, daß wir miteinander einig werden würden. Ich sagte kein Wort, saß stumm und betäubt, in Angst und Schrecken.

Frau Jones dachte wohl, daß es gut sei, das Eisen zu schmieden, solange die Eindrücke noch stark bei mir wären, und so ließ sie mich allein mit all den Schreckbildern meiner Phantasie, die der Gedanke an das Gefängnis in mir aufregte. Wie mich davor retten! Wie mich davor retten!

In diesem Zustande blieb ich wohl eine halbe Stunde, ganz in Kummer und Verzweiflung versunken, als meine Wirtin wieder hereinkam; als sie meine große Niedergeschlagenheit sah, tat sie, um ihren Plan weiterzuführen, sehr mitleidig, hieß mich guten Mutes sein, denn die Sache würde ja nicht so schlimm werden, als ich es mir vorstellte, wenn ich es nur mit mir selbst gut meinen sollte. Der Schluß war, daß sie einen sehr achtbaren Herrn gebracht habe, der mit uns den Tee trinken werde und der mir den besten Rat geben könne, wie ich aus dem Elend rasch wieder herauskäme. Hierauf ging sie, ohne meine Antwort abzuwarten, und kam mit diesem sehr achtbaren Herrn zurück, dessen sehr achtbare Unterhändlerin sie wie bei vielen andern gewesen war.

Der Herr machte mir beim Eintritt eine sehr höfliche Verbeugung, die ich kaum Kraft oder Geistesgegenwart hatte zu erwidern. Da nahm es die Wirtin auf sich, die Honneurs unserer ersten

Zusammenkunft zu machen – denn ich hatte ihn, soweit ich mich erinnern konnte, niemals vorher gesehen – bot ihm einen Stuhl an und setzte sich selbst auf einen andern. Die ganze Zeit wurde kein Wort geredet; ein einfältiges Vormichhinstarren war das Ganze, was ich fertig brachte.

Der Tee war bereitet, und die Wirtin, die keine Lust hatte, Zeit zu verlieren, sagte, als sie mein Schweigen und mein blödes Aussehen dem sonderbaren Fremden gegenüber sah, in einem grob vertraulichen Tone: „Nun, Miß Fanny, halten Sie doch den Kopf hoch, mein Kind! Was heißt das! Sorgen sind nur für kurze Zeit gut! Seien Sie doch heiter. Hier ist ein sehr achtbarer Herr, der von Ihrem Unglück gehört hat und Ihnen helfen will – Sie müssen besser mit ihm bekanntwerden. Machen Sie mir jetzt nicht die Zimperliche, sondern handeln Sie, solange es Zeit ist."

In dieser eben so feinen wie beredten Aufmunterung unterbrach sie der Herr, der wohl bemerkte, daß ich erschrocken und zornig aussah und unfähig war zu antworten. Er sah wohl, daß diese Art eher dazu führen würde, mich seinem Anliegen abgeneigt zu machen. Er wandte sich daher zu mir und sagte, er wäre von meinem Geschicke vollständig unterrichtet und die Umstände meines Malheurs wären sehr hart für eine Person von meiner Jugend und Schönheit, und er habe schon lange sein Wohlgefallen an mir gefunden – dabei berief er sich auf Frau Jones –, weil er aber gesehen habe, wie eng ich mit einem andern verbunden gewesen wäre, so hätte er alle Hoffnung verloren, bis er von dem plötzlichen Wechsel meines Schicksals gehört hätte. Da hätte er der Hauswirtin ausdrücklichen Befehl gegeben, darauf zu sehen, daß es mir an nichts fehle, und wenn er nicht eine unaufschiebbare Reise nach Den Haag zu machen gehabt hätte, so würde er mir selber während meiner Krankheit aufgewartet haben – bei seiner gestrigen Rückkehr aber hätte er von meiner Wiederherstellung gehört und die Wirtin um ihre Vermittlung gebeten, ihn mit mir bekannt zu machen. Er wäre aber sehr ärgerlich über die Art und Weise, wie sie ihm dieses Glück verschafft habe. Um mir aber zu zeigen, wie sehr er ihr Benehmen mißbillige, und wie weit er davon entfernt sei, aus meiner unangenehmen Lage Vorteil zu ziehen oder gar aus meiner Dankbarkeit sich Hoffnungen zu sichern, so wolle er auf der Stelle und vor mir die Schuld bei der Wirtin bezahlen und mir die Quittung geben, und dann sollte ich volle Freiheit haben, sein Gesuch anzunehmen oder abzuschlagen. Er denke zu groß von mir, um meinen Neigungen irgendwie Gewalt anzutun.

Während er so sprach, wagte ich kaum, ihn anzublicken; ich sah nur, daß seine Gestalt die eines gutaussehenden Herrn von ungefähr vierzig Jahren und daß er unauffällig angezogen war. Der Glanz von einem großen Diamantring an seinem Finger fiel mir in die Augen, da er seine Hand, während er sprach, bewegte, wohl um mir damit großes Erwarten von sich beizubringen. Kurz, er war, was man einen stattlichen Mann nennt, mit einem Air von Geburt und Rang.

Auf alles, was er sagte, antwortete ich nur mit Tränen, die mir zur Erleichterung notwendig waren, meine Stimme erstickten und mein Schweigen entschuldigten, denn ich wußte wirklich nicht, was antworten.

Mein Anblick rührte ihn, wie er mir später erzählte, auf eine unwiderstehliche Art, und um mir etwas weniger Grund zur Trauer zu geben, verlangte er Feder und Tinte, die die Wirtin schon in Bereitschaft hielt, und bezahlte ihr auf den Heller jede ihrer Forderungen; außerdem gab er ihr noch ein Geschenk, das er, ohne daß ich es wußte, dazulegte; die Quittung drängte er mir nun freundlich auf, schob sie mir in die Hand und die Hand in die Tasche.

Ich war noch immer in dem gleichen Zustand der Betäubung und Verzweiflung, und schon hatte, ehe ich es bemerkte, die schlaue Wirtin sich aus dem Zimmer gedrückt und mich mit dem Fremden allein gelassen; aber es verursachte mir das gar keine Beunruhigung – ich war so leblos und gleichgültig gegen alles.

Der Herr war kein Neuling in diesen Sachen. Er rückte näher an mich heran und trocknete mir, mich tröstend, mit seinem Taschentuch die Tränen ab, die mir über die Wangen liefen, und schon versuchte er es, mich zu küssen. Ich widerstand nicht, willigte ein. Ich saß ganz still, und da ich mich durch die vor meinen Augen geschehene Bezahlung als eine von vornherein Verkaufte ansah, so war es mir ganz gleichgültig, was aus meinem armseligen Körper wurde: Ohne Leben, Kraft oder Mut, mich auch nur im geringsten zu widersetzen, selbst nicht einmal mit der unserm Geschlechte eigentümlichen Scham, litt ich alles.

Hätte mir noch ein paar Augenblicke zuvor jemand gesagt, daß ich je mit einem andern zu tun haben werde als mit Charlie, ich hätte ihm ins Gesicht gespieen; oder hätte mir einer eine weit größere Summe angeboten, als ich vorhin bezahlen sah, so würde ich das Anerbieten mit kaltem Blute zurückgewiesen haben. Aber Laster und Tugend hängen ganz von den Umständen ab: Unerwartet umringt, mürbe gemacht durch bittere Betrübnis und betäubt durch die Angst vor dem Gefängnis, glaubte ich nicht länger ein Recht zu haben, einem Menschen Liebkosungen zu verweigern, der mich einmal gewonnen hatte; und demnach betrachtete ich mich so in der Gewalt dieses Mannes, daß ich seine Küsse und Umarmungen litt, ohne Widerstreben oder Ärger zu heucheln, nicht weil ich darüber Freude empfunden oder Widerwillen besiegt hätte, nein, – was ich duldete, ertrug ich aus einem Gefühl der Dankbarkeit oder als notwendige Folge dessen, was geschehen war.

Er hatte jedoch so viel Achtung vor mir, daß er mir noch das Äußerste ersparte; er fühlte sich sicher im Besitz und begnügte sich damit, mich nach und nach seinen Wünschen gemäß zu erziehen; er wartete auf die Zeit, da seine Freigebigkeiten und sein Werben Früchte tragen sollten.

Inzwischen war es tiefer Abend geworden. Das Mädchen kam herein, um den Abendtisch zu decken, und ich sah mit Freuden, daß dabei meine

Wirtin fehlte, die mir jetzt Gift geworden war. Es wurde ein hübsches Abendessen aufgetragen, dem eine Flasche Burgunder nicht fehlte.

Als das Mädchen draußen war, drang mein Herr darauf, daß ich mich in den Lehnstuhl an den Kamin setze und ihm beim Essen wenigstens zusehe, da ich jede Nahrung verweigerte. Ich gehorchte, mit Trauer im Herzen, da ich das liebe Zusammensein mit meinem Charlie und diesen zwangvollen Abend verglich.

Während des Essens suchte er nach allen Trostmitteln, mich mit meinem Schicksal auszusöhnen. Er erzählte, seine Name wäre H***, sein Bruder sei der Graf von L***, und daß er mich durch die Vermittlung meiner Wirtin gesehen und mich so sehr nach seinem Geschmack gefunden habe, daß er ihr den Antrag gab, mich ihm zu verschaffen, um welchen Preis auch immer; daß er es endlich erzielt hätte und daß er so sehr glücklich wäre und auf das herzlichste wünsche, daß ich es ebenfalls würde und daß mich seine Bekanntschaft schon nicht gereuen würde.

Mit gütiger Überredung brachte er es dahin, daß ich ein halbes Rebhuhn und drei bis vier Gläser Wein zu mir nahm; war es, daß dem Wein etwas beigemischt war, oder daß mir nur das gefehlt hatte, um mir die natürliche Lebhaftigkeit meines Temperamentes wiederzugeben – ich begann Herrn*** weniger unsympathisch zu sehen als bisher, wenn auch nicht die kleinste Spur von Liebe zu ihm in mir war. Jeder andere Mann, der unter diesen Umständen das für mich getan hätte, wäre mir gerade so recht gewesen oder so gleichgültig wie H***.

Es gibt keinen ewigwährenden Kummer. Der meine war, wenn auch nicht ganz ausgetilgt, so doch versenkt, und mein Herz, das so lange in Angst und Schmerz gelebt hatte, wurde wieder dem Vergnügen und der Zerstreuung zugänglicher. Ein wenig Weinen erleichterte mich, und ein Aufschluchzen schien mir eine drückende Last wegzuheben. Ich fühlte, wie mein Gesicht, wenn auch nicht glücklich, so doch beruhigter auszusehen begann.

H*** hatte auf diese Veränderung gewartet, sie vielleicht bewirkt, und war zu klug, sie nicht auszunützen. Wie zufällig schob er den Tisch zwischen uns weg und setzte einen Stuhl hin. Er sprach zärtlich lieb zu mir und nahm meine Hände. Und schon küßte er mich; ich wehrte sanft ab und bat ihn, mich zu lassen, da ich nicht wohlauf sei, aber er glaubte, das sei bloß von mir so getan und nicht mein Ernst. So stellte er mir also die Bedingung, daß er von mir lassen wolle, wenn ich gleich zu Bett ginge; in einer Stunde würde er zurück sein und hoffte, mich dann nachgiebiger zu finden. Ich sagte nicht ja und nicht nein, aber in meiner Art und meinem Aussehen war wohl etwas, das ihm sagte, ich hätte nicht Kraft genug über mich, um ihm etwas abzuschlagen.

Er ging, und kaum, daß ich Zeit gehabt hätte, mich zu fassen und nachzudenken, kam das Mädchen und brachte auf einem silbernen Teller eine Schale: Die Wirtin schicke da einen Brauttrank und bäte mich, ihn zu trinken, bevor ich zu Bett ginge. Kaum hatte ich ihn getrunken, so fühlte ich eine solche Hitze in mir, daß es mir wie Feuer durch den Körper lief; ich brannte und glühte und sehnte mich nach der Nähe eines Mannes.

Als ich im Bett lag, nahm das Mädchen das Licht fort und ging, mir gute Nacht wünschend, aus dem Zimmer und schloß die Türe.

Sie war wohl kaum die Treppe hinuntergegangen, als Herr H*** die Tür öffnete und, nur mit Schlafrock und Nachtmütze angetan, hereinkam, zwei brennende Kerzen in der Hand, was mich, obgleich ich es ja so erwarten mußte, doch in Schrecken setzte. Er kam auf den Zehen zu mir und sagte leise: „Ich bitte Sie, Liebe, erschrecken Sie nicht – ich will zärtlich und lieb gegen Sie sein."

Und doch! Was war für ein unendlicher Unterschied zwischen den Gefühlen dieser ganz sinnlichen Liebe, die nur aus dem Zusammensein der Geschlechter kam, und jener Liebe, in der zwei Herzen, die zärtlich miteinander vereinigt sind, sich noch enger verbinden, um ihre Freude noch zu erhöhen.

Um elf Uhr am Vormittag erschien Frau Jones. Ich übergehe die widerlichen Komplimente und Scherze dieser ehrbaren Kupplerin, mit denen sie uns einen guten Morgen wünschte. Wenn mir auch bei ihrem Anblick das Blut in Wallung kam, so beherrschte ich mich doch und dachte nichts sonst, als was die Folgen dieser neuen Verbindung sein würden.

Herr H*** merkte meine unruhigen Gedanken, aber er überließ mich ihnen nicht lange und sagte, daß er eine aufrichtige Zuneigung zu mir gefaßt hätte und mir einen Beweis dadurch geben wolle, daß er mich aus dem Hause wegtue, das mir aus vielen Gründen verhaßt sein müsse. Er wolle mich in eine bessere Wohnung bringen, wo er alle Sorge für mich übernehmen würde. Er bat mich noch, gegen meine Wirtin nicht ungebärdig zu sein und ihr nichts zu sagen, bis er zurückkomme. Hierauf zog er sich an und ging; erst gab er mir aber noch einen Beutel mit zweiundzwanzig Guineen, bis auf weiteres; – „Es ist alles, was ich bei mir habe."

Sobald er draußen war, fühlte ich die gewöhnlichen Folgen dieses ersten Schrittes auf dem Wege des Lasters, denn die Liebesverbindung mit meinem Charlie war mir nie als ein Laster erschienen. Ich war ganz plötzlich vom Strom mitgerissen worden und war ohne Kraft, wieder zum Ufer zurückzukehren. Meine Armut, das Gefühl der Dankbarkeit, und, um die ganze Wahrheit zu gestehen, die Zerstreuung und das Vergnügen, das ich in dieser neuen Bekanntschaft fand – alles das betäubte meine ernsten Gedanken. Wenn ich jetzt an meinen ersten, einzigen Geliebten zurückdachte, so war es immer noch mit der Zärtlichkeit und der Sehnsucht innigster Liebe, nur von dem Bewußtsein verbittert, daß ich seiner nicht wert sei. Ich hätte mit ihm in die Welt ziehen und mein Brot erbetteln können – aber jetzt war ich eine Elende, eine Verlorene!

Wäre mein Herz frei gewesen, so wäre es vielleicht Herrn H*** zugefallen. So aber gehörte es schon einem andern und Herrn H*** blieb nur mein Körper, dessen Reize übrigens der einzige Gegenstand seiner Liebe waren. Und weil das so war, blieb für die Zukunft nicht genug übrig, das zu einer sublimeren und dauerhaften Liebe hätte führen können. – H*** kam erst um sechs Uhr abends wieder, um mich in meine neue Wohnung zu führen. Meine Sachen waren bald gepackt und in einen Wagen gebracht; der Abschied von meiner Wirtin machte mir wenig Schmerzen, und auch sie selbst kümmerte sich jetzt weniger um mich, da ja kein Gewinn mehr für sie zu holen war.

Bald waren wir an meinem neuen Wohnort angelangt; das Haus gehörte einem einfachen Kaufmann, der den ersten Stock sehr vorteilhaft an Herrn H***, für zwei Guineen die Woche, überließ. Die Räume waren sehr hübsch möbliert, und ich war meine eigene Herrin mit meinem eigenen Mädchen zur Bedienung.

H*** blieb den Abend hindurch bei mir; wir ließen das Essen aus einem benachbarten Speisehaus holen, und nachdem wir gespeist hatten, brachte mich das Mädchen zu Bett.

Sehr spät am andern Morgen standen wir zum Frühstück auf. Nun war die Zeit nicht mehr so mit der Liebe ausgefüllt, und ich begann ruhiger zu werden und mich an den Sachen zu freuen, mit denen mich Herr H*** beschenkt hatte – seidene Stoffe, Ohrringe, Perlen, Halsschnüre, eine goldene Uhr, kurz, alle diese Kleinigkeiten des Putzes und der Eitelkeit kamen in mein Haus und wurden mit einer Empfindung dankbarer Zärtlichkeit angenommen, einem der Liebe ähnlichen Gefühl, wenn auch nicht der Liebe selber – eine Unterscheidung, die das Vergnügen gar vieler Herren, die sich Mätressen halten, beträchtlich stören würde, wenn sie diese Unterscheidung überhaupt kennen würden.

Jetzt war ich eine in aller Form erklärte Mätresse, war gut logiert, gut mit Geld und allem Glanz und Putz versehen, der dazu gehört.

Herr H*** war immer zärtlich und gut gegen mich, und doch war ich gar nicht glücklich; nicht nur, weil ich mich immer nach meinem teuern Geliebten sehnte, sondern ich fühlte mich einsam und hatte das Bedürfnis nach mehr Gesellschaft und Zerstreuung.

H*** war mir geistig sehr überlegen, was ich in meiner Dankbarkeit für ihn sehr nachteilig für mich empfand, denn es gab nur Achtung für ihn, aber nicht meine Liebe. Ich konnte keine andere Unterhaltung mit ihm führen als die des Liebesvergnügens, und die läßt doch viele Augenblicke übrig, in denen man nichts miteinander zu reden hat.

H*** war in Frauenangelegenheiten viel zu erfahren, als daß er das nicht bald hätte bemerken müssen; aber er besaß den Takt der Nachsicht, und liebte mich darum nicht weniger.

Es gab kleine Abendmahlzeiten bei mir, zu denen er Freunde mit ihren Mätressen mitbrachte, und ich hatte auf diese Weise bald einen Kreis von Bekanntschaften, in dem ich rasch alle jene Reste von Blödigkeit und Schamhaftigkeit verlor, die mir noch von der Landerziehung her zurückgeblieben waren. Aber vielleicht waren gerade sie meine größten Reize.

Ich besuchte meine neuen Damen-Bekannten wieder und kopierte wie sie alle Torheiten und Unverschämtheiten der Damen vom Stande, so gut ich es konnte; keiner von uns fiel je ein, wie abgeschmackt und unwürdig das war.

Unter all den mir bekannten Mätressen – und es war, außer ein paar ehrbaren Frauen, die verheiratet mit ihren Männern lebten, eine große Zahl – hatte ich nicht eine kennengelernt, die ihren Liebhaber im Grunde nicht verabscheut und ihn betrogen hätte, sowie sich immer eine

Gelegenheit dazu bot. Aber das hatte ich von ihnen noch nicht gelernt: Ich blieb dem meinen treu. Auch verlockte mich nicht die kleinste Eifersucht zur Untreue, und seine beständige Freigebigkeit und Höflichkeit zwangen mich, ihn zu achten, wenn auch nicht zu lieben.

Dann hatte sich auch noch kein geeigneter Liebhaber gefunden, der einen Tausch gelohnt hätte. Ich hatte die Aussicht, von H***s Großmut eine hübsche Versorgung für mein Leben zu erhalten, als sich etwas ereignete, das all dem auf einmal ein Ende machte, was zu meinem Vorteil gewesen wäre.

Ich lebte bereits sieben Monate mit Herrn H***, als ich eines Abends früher als gewöhnlich von einem nachbarlichen Besuche nach Hause zurückkam. Ich fand die Haustüre offen, das Mädchen vom Hause stand mit einer Bekannten schwatzend davor, so daß ich, ohne klopfen zu müssen, hereinkam; während ich eintrat, sagte das Mädchen zu mir, daß Herr H*** oben wäre. Ich ging zuerst in mein Schlafzimmer, aus keinem anderen Grunde, als um meinen Hut abzulegen, bevor ich H*** im Speisezimmer begrüßte, in das aus meinem Schlafzimmer eine Türe führte. Während ich damit beschäftigt war, die Hutbänder zu lösen, glaubte ich die Stimme meines Stubenmädchens Hanna zu hören und ein Geräusch, das meine Neugierde reizte. Leise ging ich zur Türe, an der ein kleiner Ast aus dem Holze geglitten war, was es mir sehr bequem machte, die Szene zu beobachten, die hier gespielt wurde; da die Spieler sehr beschäftigt waren, so hatten sie mich nicht kommen und eintreten hören.

Das erste, was ich sah, war Herr H***, der die derbe Bauerndirne nach einer Couchette hinzerrte, die in einer Zimmerecke stand; das Mädchen sträubte sich sehr bäurisch und schrie dabei so laut, daß ich es an der Türe hören konnte: „Ich bitte Sie, Herr, lassen Sie mich gehen ... Sie können sich vor einem armen Mädchen nicht so erniedrigen ... meine Gnädige kann nach Hause kommen ... wenn Sie nicht aufhören, schrei ich ..."

Alles das hinderte ihn nicht, und so dachte sie wohl, es hätte jetzt keinen Zweck mehr, sich zu wehren, weil es doch umsonst sei. Die Person hatte, wie ich nebenbei bemerke, eines Kindes wegen ihre Stelle auf dem Lande verlassen. Herr H*** gab ihr Geld und sagte mit einem ziemlich gleichgültigen Gesicht, sie solle ein gescheites Mädchen sein und nichts sagen.

Hätte ich den Mann geliebt, so hätte ich dieser Szene nicht so geduldig bis zu Ende zugesehen. Aber ich liebte ihn nicht, und nur mein Stolz war beleidigt, nicht mein Herz; ich konnte ihm zusehen, wie weit er es treiben würde, bis ich über nichts mehr im Ungewissen war.

Darauf ging ich leise in mein Kabinett und dachte darüber nach, was jetzt tun. Zuerst wollte ich den beiden Vorwürfe machen, bei einigem Nachdenken fing ich doch an, die guten Folgen davon, die mir auch gar nicht deutlich waren, zu bezweifeln, und fragte mich, ob es nicht besser wäre, meine Entdeckung bis auf eine gelegene Zeit zu verbergen, denn wenn Herr H*** mir wirklich das lebenslängliche Gehalt zuschreiben wollte, wie er es mir bereits gesagt hatte, befürchtete ich, er würde das Ganze auf eine heftige Auseinandersetzung hin rückgängig machen. Dann schien mir die Sache doch wieder gar zu grob und gemein, als daß ich nicht auf Rache hätte denken sollen. Der Gedanke daran gab mir schon Ruhe, und der verworrene Plan, den ich davon im Kopfe hatte, machte mich so vergnügt, daß ich fürchtete, ich würde die Unwissende gar nicht spielen können, wie ich mir das vorgenommen hatte. Als ich mit all diesen Überlegungen zum

Schluß gekommen war, stahl ich mich auf den Zehenspitzen an die Ausgangstür, schlug sie geräuschvoll, als wäre ich gerade erst nach Hause gekommen, zu und öffnete nach einer kleinen Weile, in welcher ich ablegen konnte, die Tür zum Speisezimmer, wo ich die Dirne ganz in Hitze fand, und meinen treuen Schäfer, der im Zimmer auf und ab ging, kalt und gleichgültig, als ob nichts geschehen wäre. Er konnte sich kaum rühmen, mich in der Verstellung zu übertreffen, denn ich ging mit demselben offenen Gesicht auf ihn zu, mit dem ich ihn stets empfangen hatte. Er blieb nur noch eine kurze Weile, entschuldigte sich, daß er den Abend nicht bleiben könne, und ging.

Das Mädchen verlor natürlich den Dienst; nach kaum achtundvierzig Stunden jagte ich sie wegen ihres unverschämten Benehmens davon. Und sie war auch wirklich wegen der Sache zwischen ihr und Herrn H*** unverschämt gegen mich. Ich nahm ihr schlechtes Benehmen als Vorwand, so daß Herr H*** es nicht mißbilligen konnte und keinen Verdacht wegen der wahren Gründe hatte. Was aus dem Mädchen wurde, weiß ich nicht; sicher aber ist, daß der freigebige Herr H*** sie entschädigte, obgleich ich schwören könnte, daß er seit der Zeit keinen Umgang mehr mit ihr gehabt hatte, und daß das bloß eine Laune gewesen war, auf die ihn der Anblick einer gesunden, derben Bauerndirne brachte.

Hätte ich von Anfang an so vernünftig gedacht und mich damit begnügt, das Mädchen wegzuschicken, so wäre es für mich besser gewesen; so aber bildete ich mir ein, beleidigt zu sein, und glaubte, Herr H*** käme viel zu billig weg, wenn ich meine Rache nicht noch weiter triebe und ihn nicht mit gleicher Münze bezahlte.

Ich verschob denn auch diese würdige Tat gerechten Ausgleichs nicht lange, und es paßte mir dazu sehr, daß Herr H*** - etwa vierzehn Tage war es her - den Sohn eines seiner Pächter zu sich in Dienst genommen hatte, der eben erst vom Lande gekommen und ein hübscher Junge war - kaum neunzehn Jahre, blühend wie eine Rose und von schöner Figur, kurz ein Mensch, in den sich eine Frau auch ohne meine Rachegedanken verlieben konnte, das heißt, eine Frau ohne Vorurteile, die aber Verstand und Geist genug hat, das Vergnügen dem Stolz vorzuziehen.

Herr H*** hatte ihn in eine hübsche Livree gesteckt, und seine vornehmste Beschäftigung war, Briefe und Bestellungen zwischen seinem Herrn und mir zu besorgen. Die Situation einer ausgehaltenen Frau ist kaum geeignet, selbst dem gesellschaftlich niedrigsten Menschen Respekt einzuflößen, und so bemerkte ich bald, wie dieser Bursche, der von meinem Verhältnis zu seinem Herrn durch andere Bediente unterrichtet war, anfing, mir Augen zu machen, auf die blödeste, naivste Art natürlich, die aber von uns Frauen angenehmer, rascher und lieber aufgefaßt wird als jede andere Erklärung. Ich schien ihm zu gefallen, und er wußte in seiner Bescheidenheit und Unschuld nicht, daß die Freude, die er empfand, wenn er mich sah, Liebe und Verlangen war; aber seine verliebten Augen sagten mehr, als er sich auch nur zu denken erlaubte. Bis jetzt hatte ich auch nur die Artigkeit des Burschen bemerkt, nichts weiter, und mein Stolz schützte mich vor jedem anderen Gedanken, hätte nicht Herr H*** selber mir das böse Beispiel gegeben. Von da ab fing ich an, den Jungen als das Werkzeug für meine Rache an Herrn H*** anzusehen. Aber es wäre besser gewesen, ich wäre als seine Gläubigerin gestorben.

Um den Weg zu meinem Ziel zu ebnen, richtete ich es mehrmals so ein, daß der junge Bursche zu mir ans Bett geschickt wurde oder an den Toilettetisch, vor dem ich mich anzog. Ich enthüllte da manchmal wie zufällig den Busen stärker als nötig war, ein nächstes Mal ein hübsches Bein, wenn das Knieband gerutscht war und ich mir nichts daraus machte, es wieder zu binden, um auf den Jungen damit den Eindruck zu machen, den ich beabsichtigte; auch einen leichten Händedruck bekam er, wenn ich ihm einen Brief abnahm, und dies und mehr tat auch seine Wirkung.

Als er endlich im vollen Feuer war, ermunterte ich ihn noch durch Fragen, wie: Ob er eine Geliebte hätte – ob sie hübscher wäre als ich –, ob er eine lieben könnte, die so aussehe wie ich, und so ähnliches. Er antwortete darauf errötend als die unberührte Unschuld und Einfalt vom Lande.

Als ich ihn für meinen lobenswerten Zweck gereift dachte, richtete ich es eines Tages so ein, daß er zu einer ganz bestimmten Zeit kam. Ich hatte alles wohl angeordnet. Er klopfte an die Tür zum Speisezimmer, ich ließ ihn eintreten und hinter sich die Türe verriegeln, was er auch tat. Ich lag der Länge nach auf derselben Couchette ausgestreckt, die Herr H*** für seine Schäferszene benützt hatte, in einem Negligé, das mit nachlässigem Raffinement in einer höchst reizvollen Unordnung war. Der gute Junge blieb in der

Nähe der Türe stehen, so daß ich mir ihn gut ansehen konnte: Sein schwarzes Haar spielte in natürlichen Locken um sein frisches blühendes Gesicht und war hinten in einen artigen Zopf gebunden; die ledernen Beinkleider schlossen fest an die kräftigen wohlgeformten Schenkel, die Waden steckten in weißen Strümpfen, und die hübsche saubere Livree brachte die Schönheit seines Körpers vortrefflich zur Geltung.

Ich befahl ihm, näherzukommen und mir den Brief zu geben, und ließ ein Buch fallen, das ich in den Händen hatte. Er wurde rot, kam heran und gab mir den Brief, während seine Augen nach meinem Busen schielten, der durch mein Negligé mehr enthüllt als verdeckt war.

Ich lächelte ihn an, und indem ich ihm den Brief abnahm, zog ich ihn an seinem Ärmel sanft zu mir nieder; er wurde noch röter und zitterte. Seine übergroße Schüchternheit und Unerfahrenheit brauchten eine Aufmunterung. Sein Körper war nun vollständig über mich gebeugt, und während ich ihm das weiche, bartlose Kinn streichelte, fragte ich ihn, ob er sich denn vor einer Frau so sehr fürchte, und nahm seine Hand und drückte sie gegen meine Brust. Nun fingen die Augen des Burschen zu glänzen an und über seine

Wangen ging das tiefste Rot. Sprachlos vor Lust und Blödigkeit sagten mir seine Blicke und seine Bewegungen hinreichend, daß mein Anschlag gelungen war und daß ich mich nicht zu fürchten brauchte, meine Hoffnung getäuscht zu sehen.

Nur allzu rasch verging uns unter innigen Liebkosungen die Zeit. Allzu bald war der Augenblick gekommen, wo ich den köstlichen Jungen fortschicken mußte. Ich erinnerte ihn zärtlich daran, daß wir uns trennen müßten und mir das so wenig Vergnügen bereite wie ihm. Aber die Gefahr war doch zu groß und nach einigen herzlichen Abschiedsküssen und der Ermahnung, klug zu sein, zwang ich mich selbst, ihn hinweg zu zwingen, mit der Versicherung, ihn sobald als nur möglich wiederzusehen. Ich steckte ihm eine Guinee in die Hand und sagte ihm, er solle nicht durch Verschwendung einen Verdacht auf sich lenken. Ich hatte die gefährliche Unachtsamkeit dieses jungen Alters zu fürchten, und wir mußten uns sehr in acht nehmen.

Ganz berauscht blieb ich zurück, in jener süßen Mattigkeit, die so angenehm durch alle Glieder gleitet. Ich freute mich auch darüber, mich so nach Herzenslust gerächt zu haben und das auf so leichte, angenehme Art und auf demselben Platze, wo ich meine vermeintliche Beleidigung erlitten hatte. Der Gedanke an Folgen, die daraus entstehen könnten, beunruhigte mich gar nicht, und ich machte mir auch keine Vorwürfe, daß ich mich durch diesen Schritt in eine Klasse von Frauen begeben hatte, die mehr verrufen als verkommen ist. Ich würde es für Undankbarkeit gehalten haben, wenn ich's hätte bereuen wollen, und da ich nun schon einmal über den Graben gesprungen war, so dachte ich, daß, wenn ich mich nur Hals über Kopf in den Strom stürzte, alles Gefühl von Scham und alles Nachdenken darin ersäuft würde.

Während ich mir so Lobenswertes vornahm und mir ein stillschweigendes Gelübde großer Unenthaltsamkeit machte, kam H***. Das Bewußtsein von dem, was ich soeben getan hatte, färbte die glühenden Wangen noch etwas tiefer, was mir im Verein mit meinem reizenden Negligé von Herrn H*** ein Kompliment über mein entzückendes Aussehen eintrug. Als seine Komplimente gar zu eindeutig wurden und er zudringlich zu werden begann, zitterte ich davor, daß von einem Manne von der Erfahrung des Herrn H*** die wahre Ursache meiner freudigen Erregung erraten werden könnte. Hier aber rettete mich das Weib: ich gab heftige Kopfschmerzen und Fieberhitze vor, die mir seine Umarmungen unmöglich machten. Er fiel darauf herein und stand gutmütig ab. Bald darauf kam eine alte Dame zu Besuch, was mir sehr gelegen war, und Herr H *** verließ mich, nachdem er mir noch empfohlen hatte, für meine Gesundheit ja zu sorgen und mich zur Ruhe zu legen.

Am nächsten Tage um zehn Uhr morgens kam Will, mein artiger süßer Liebling, mit einer Bestellung seines Herrn, der sich nach meinem Befinden erkundigen ließ. Ich hatte dafür gesorgt, daß mein Mädchen auf weitläufigen Besorgungen in der City war, und von den Leuten aus dem Hause hatte ich nichts zu fürchten, denn das waren Menschen, die klug genug waren, sich nicht mehr um andere Leute Dinge zu kümmern als durchaus nötig war.

Es fiel mir sofort auf, daß mein Kleiner sauberer war, als ich von seiner Stellung erwarten konnte: eine Begierde zu gefallen, die mir nicht gleichgültig war, weil sie mir bewies, daß ich ihm gefallen hatte. Ich zog ihn sanft zu mir heran und bedeckte ihn mit Küssen, die er feurig erwiderte. Alle Seligkeit erfüllter Liebe fand ich in seinen Armen – niemals hätte ich in der Vereinigung mit meinem damaligen Gebieter ein solches Glück finden können, wie bei den naiven Liebkosungen dieses unerfahrenen Jünglings, dessen jugendliche Kraft und kindliche Zärtlichkeit ihn zum idealen Liebhaber bestimmten. Und weshalb soll ich die Freude verschweigen, die mir dieser liebenswürdige Bursche bereitete, da ich jeden kunstlosen Blick bemerkte, jede Regung der reinen unverstellten Natur, die seine lebhaften Augen verrieten, – ja selbst sein bäurischer, steifer Anstand ermangelte nicht einer eigentümlichen Grazie.

Aber, höre ich Sie sagen, das war doch schließlich ein Mensch von zu niedrigem Stande, als daß er eine so umständliche Beschreibung verdiente! Dem mag so sein. Aber wenn ich auch wirklich über ihm gestanden, hob ihn nicht die Fähigkeit, mich in so hohem Grade anzuziehen, zu mir herauf? Mag wer will Künstler und andere große Männer wegen ihrer Verdienste lieben und lohnen, in meinem Alter und mit meinem Temperament gebe ich das größte Verdienst den Eigenschaften, mit denen die Natur einen hübschen Mann versieht. Daneben sind Titel und Würden nur von sehr geringer Bedeutung. Man würde die Körperschönheit nicht so gering schätzen, wenn sie käuflich zu haben wäre. Meine höchst natürliche Philosophie ist nichts als sinnliche Empfindung. Mich regiert der starke Instinkt, mein Glück am rechten Orte zu suchen, und so konnte ich keine bessere Wahl treffen.

Herrn H***s Vorzüge der Geburt, des Vermögens und des Verstandes hielten mich unter einer Art Unterwürfigkeit und Zwang, und das hindert die Liebe.

Auch hielt er mich vielleicht nicht für wertvoll genug, diese seine Überlegenheit vor mir zu verbergen. Aber dieser Junge war mir gleich und ich ihm, und das ist der Liebe lieber. Wir mögen sagen, was wir wollen, sicher ist, daß wir mit denen am freiesten und angenehmsten leben, die uns am meisten gefallen, ich will nicht einmal sagen, am meisten lieben.

Er näherte sich mir, und während er seine Bestellung herstotterte, konnte ich sein Rotwerden und seine leuchtenden Augen sehen.

Ich lächelte und gab ihm meine Hand, die er mit Feuer küßte, wobei er niederkniete, eine Höflichkeit, die ihn nur die Liebe, diese große Lehrmeisterin, gelehrt hatte.

Als ich mich endlich aus seiner Umschlingung losriß, entfernte er sich nur widerstrebend, mit Abschiedsküssen und wiederholten Umarmungen, die ich mir auch nicht versagen wollte. Glücklicherweise kam er wieder zu seinem Herrn, bevor dieser ihn vermißte. Beim Abschied zwang ich ihn – er wollte es durchaus nicht nehmen – so viel Geld anzunehmen als nötig war, eine silberne Uhr zu kaufen, die der Ehrgeiz jedes Bedienten ist. Er nahm das Geld endlich, um an meine Zuneigung eine Erinnerung zu haben, die er sehr sorgfältig aufbewahren wollte.

Soll ich mich vor Ihnen, Madame, entschuldigen, daß ich alle diese Dinge, die einen so tiefen Eindruck auf mich gemacht haben, erzähle? Aber es hat dieses Erlebnis so große Veränderungen in mein Leben gebracht, daß ich es schon der historischen Treue wegen nicht übergehen durfte, obgleich ich damals mein Glück nur bei einem Menschen von niedrigem Stande, bei einem Bedienten fand. Und man trifft es da wirklich oft unverfälschter und größer, als bei den falschen und albernen Verfeinerungen, mit denen sich die höheren Stände betrügen und betrügen lassen. Die höheren Stände, mein Gott! Es sind unter jenen, die man die große Masse nennt, wenige, die in der wahren Kunst des Lebens unwissender sind. Sie suchen nach Lüsten, die der Natur fremd sind, der Natur, die nichts will, als den Genuß der

Schönheit und nicht fragt nach Rang, Geburt, Manier und Sitte!

Die Rache hatte keinen Anteil mehr an meinem Umgang mit dem hübschen Knaben, und nur das Vergnügen kettete mich an ihn. Die Natur hatte ihn ja auch in seiner äußeren Gestalt so reich beschenkt; alles an ihm war dazu angetan, die Leidenschaft aufs höchste zu steigern – und doch fehlte ihm etwas, um in mir die wahre Liebe zu wecken! Er war artig, umgänglich und dankbar; wortkarg und schweigsam, daß es schon ein Fehler wurde. Um gerecht zu sein, muß ich sagen, daß er mir nie Ursache zur Klage gegeben hatte; nie hatte er sich der gestatteten Freiheiten wegen etwas gegen mich herausgenommen oder gar aus Unvorsichtigkeit oder Prahlerei etwas ausgeplaudert. Es gibt ein Schicksal in der Liebe, und das zwang mich, ihn so zu lieben, wie ich ihn liebte.

Durch eine unvorsichtige Nachlässigkeit fand meine Glückseligkeit ein jähes Ende. Erst hatten wir unseren zärtlichen Umgang durch ganz überflüssige Mittel verborgen gehalten, aber unser Glück machte uns dreist, daß wir schließlich auch die notwendigsten unterließen. Etwa nach einem Monat unserer Bekanntschaft war ich eines Morgens zu einer Zeit, in welcher mich Herr H*** selten oder nie besuchte, in dem Kabinett, wo meine Toilette war; ich hatte nichts als mein Hemd, meinen Schlafrock und meinen Unterrock an. Will war bei mir, und wir waren beide sehr in Laune, die gute Gelegenheit auszunützen, als H***, da die Kammertür unverschlossen geblieben war, leise eintrat, ehe einer von uns beiden es bemerkte, und uns in unserem vertraulichen Beisammensein sah.

Ich stieß einen lauten Schrei aus; der Junge war wie vom Donner gerührt, er stand zitternd und bleich und wartete auf sein Todesurteil. Herr H*** sah bald auf den einen, bald auf den anderen, mit einem Gemisch von Zorn und Verachtung, und ging ohne ein Wort zu sagen hinaus.

In meiner Verwirrung hörte ich ihn noch deutlich den Schlüssel hinter der zugeworfenen Tür umdrehen, und wir konnten nur mehr durch den Speisesaal hinaus, wo er mit unruhigen und lauten Schritten hin- und herstapfte, wohl überlegend, was er mit uns anfangen sollte.

Der arme Will war ganz weg vor Schrecken und ich selber hatte alle meine Geistesgegenwart nötig, mich aufrecht zu erhalten. Ich mußte dem Jungen zusprechen, daß er nicht einfach umfiel.

Das Unglück, das ich über ihn gebracht hatte, machte ihn mir teurer, und ich hätte freudig jede Strafe erduldet, wenn er nur nicht hätte leiden müssen. Ich küßte sein Gesicht unter Tränen, wie der arme Bursche dasaß, weil er zum Stehen keine Kraft mehr hatte.

Da kam Herr H*** wieder und befahl uns, ins Speisezimmer zu gehen. Da setzte er sich auf einen Stuhl, während wir wie Verbrecher vor dem Richter stehenblieben. Er fragte mich mit einer Stimme, die weder sanft noch hart war, was ich für mich sagen könnte, daß ich ihn auf solche Weise hintergangen hätte, wodurch er das verdient habe, noch dazu mit einem seiner Bedienten! Ich wollte meiner Schuld keine kühne Verteidigung geben, wie es die gewöhnliche Art der Mätressen ist, sondern sagte nur ganz bescheiden, öfters von Tränen unterbrochen, etwa so: Daß ich nie den Gedanken gehabt hätte, ihn zu beleidigen – was ja auch sicher die Wahrheit war – bis zu dem Tage, da ich gesehen hatte, wie er sich die äußerste Freiheit mit meinem Mädchen nahm – hier wurde er ganz rot – und daß meine Empfindung, ohne daß ich mich beklagt hätte, mich zu der Rache getrieben habe, die ich mir jetzt zu rechtfertigen erlaubte. Was aber den jungen Menschen beträfe, so wäre er ganz unschuldig. Ich hätte ihn lediglich als mein Werkzeug benutzt und verführt, und daß ich hoffte, er würde, was er auch immer beschließen möchte, einen Unterschied machen zwischen dem Schuldigen und Unschuldigen, und daß ich mich im übrigen ganz in seine Gnade begebe.

Herr H*** ließ den Kopf sinken, erholte sich aber bald wieder und sagte, soweit ich mich noch erinnern kann, etwa folgendes: „Madame, ich schäme mich meiner selbst und gestehe, daß Sie mir, was Sie meine Schuld nannten, reichlich vergolten haben. Mit einer Person von Ihrer Erziehung und Gesinnung kann ich mich nicht in weitere Unterhaltungen darüber einlassen, was für ein großer Unterschied zwischen den beiden Beleidigungen, zwischen Ihrer Schuld und der meinen ist. Es genüge Ihnen mein Zugeständnis, daß Sie Ihre Gesinnung gegen mich nur wegen dieser Sache geändert haben. Auch gebe ich zu, daß Ihre Verteidigung in Hinsicht auf diesen Schlingel schön und sehr gütig ist, aber mein Verhältnis mit Ihnen fortzusetzen, ist mir unmöglich, denn die Beschimpfung ist zu stark gewesen. Ich gebe Ihnen eine Woche Zeit, um diese Wohnung zu verlassen. Alles, was ich Ihnen je geschenkt habe, gehört Ihnen. Da ich aber beschlossen habe, Sie nie wiederzusehen, so wird die Wirtin Ihnen fünfzig Guineen von mir übergeben und ich werde außerdem alle Ihre Schulden bezahlen. So werden Sie hoffentlich zugeben, daß ich Sie in keinem schlechteren Zustand verlasse, als ich Sie aufgenommen habe und Sie es verdient haben – schreiben Sie es sich selbst zu, daß es nicht besser gekommen ist."

Ohne mir Zeit zu einer Antwort zu lassen, wandte er sich an den Jungen:

„Um dich aber, du Taugenichts, will ich deines Vaters willen Sorge tragen. Die Stadt ist kein Ort für leichtsinnige dumme Jungen, wie du einer bist, und darum schicke ich dich morgen unter der Obhut einer meiner Leute deinem Vater zurück, damit du hier nicht verdorben wirst."

Nach diesen Worten stand er auf und ging. Ich hatte vergebens gehofft, ihn damit zurückzuhalten, daß ich mich ihm vor die Füße warf – er stieß mich von sich, obgleich er sehr bewegt schien und nahm Will mit sich, der sicher glaubte, sehr gut davongekommen zu sein.

Jetzt war ich wieder mir selbst überlassen und durch einen Mann, den ich sicher nicht verdient hatte. Alle Briefe, Bitten und Freunde, die ich in dieser Gnadenfrist einer Woche zu ihm schickte, bewogen ihn nicht, mich noch einmal zu sehen.

Er hatte ein unwiderrufliches Urteil über mich gesprochen, und ich konnte mich nur mehr fügen. Bald nachher heiratete H*** eine Dame von Geburt und Vermögen, der er, wie man mir später erzählte, unverbrüchliche Treue hielt.

Der arme Will war sofort in sein Heimatdorf zurückgeschickt worden, zu seinem Vater, einem wohlhabenden Pächter, und schon vier Monate später heiratete er eine rüstige Witwe mit viel Geld und anderem Gut, die sich in ihn verliebt hatte.

Ich hätte ihn zu gerne vorher noch einmal gesehen, Herr H*** hatte jedoch seine Verfügungen so gut getroffen, daß es mir ganz unmöglich wurde; ich hätte mich sonst bemüht, Will in der Stadt zu behalten, und weder Kosten noch sonst etwas gespart, ihn mir zu erhalten; denn er hatte mich so eingenommen, daß ich glaubte, so leicht keinen andern zu finden, ohne daß mein Herz dabei irgendwie ins Spiel kam.

Mein Eigennutz hatte mich erst getrieben, Herrn H*** gegenüber alles zu versuchen, ihn wiederzugewinnen. Aber ich war doch leichtsinnig genug, mich schneller als gut war mit meinem

Faux pas abzufinden. Da ich H*** nie geliebt und jetzt alle Freiheit wieder erlangt hatte, nach der doch oft meine Sehnsucht war, so tröstete ich mich in meiner Eitelkeit bald damit, daß meine Jugend und meine Schönheit, die ich jetzt käuflich machen wollte, nicht verfehlen würden, mich bald hoch zu bringen. Und die Notwendigkeit, mein Glück zu versuchen, machte mich nicht bedrückt oder gar verzweifelt, sondern vergnügt und fröhlich.

Verschiedene meiner Bekannten aus der Schwesternschaft der ausgehaltenen Mädchen, die von meinem Malheur gehört hatten, besuchten mich und wollten mich trösten; die meisten von ihnen hatten mich meines Glückes und Überflusses wegen beneidet, und es war wohl keine unter ihnen, die nicht meine jetzige Lage verdient hätte, in die sie auch früher oder später kommen mußten. Ich bemerkte ganz gut ihre Schadenfreude und das gekünstelte Mitleid, ja sogar den geheimen Ärger darüber, daß es nicht noch schlimmer um mich stünde. Unerklärlich ist doch diese menschliche Bosheit, die sich nicht auf die eigene Lebensführung beschränkt.

Als nun die Zeit heranrückte, da ich einen Entschluß für die Zukunft fassen mußte und mich nach einer anderen Wohnung umzusehen anfing, besuchte mich eines Tages eine Frau Cole, eine verschlagene Person mittleren Alters, die von einer meiner Bekannten geschickt und von meiner Lage genau unterrichtet war, und bot mir ihren guten Rat und ihre Dienste an. Da ich vom Anfang an schon mehr von ihr gehalten hatte als von allen anderen, so gab ich ihren Vorschlägen um so leichter Gehör; auch hätte ich kaum, wie es sich später herausstellte, in schlimmere oder bessere Hände fallen können, nicht in ganz London. Nicht in schlimmere, weil sie ein öffentliches Haus hielt und es da keine Ausschweifung geben konnte, zu der sie mir nicht aus Gefälligkeit gegen ihre Kunden geraten hätte, keine Zügellosigkeit, die sie nicht zu befördern gesucht hätte; und auch nicht in bessere Hände, weil niemand genauere und größere Kenntnisse über alle für sie in Betracht kommenden Personen der Stadt hatte, keine aber besser raten und gegen die Gefahren dieses Handwerks schützen konnte. Und mehr als das alles, sie begnügte sich mit einem sehr mäßigen Profit für ihren Fleiß und ihre guten Dienste, ein seltener Fall bei Menschen ihrer Gattung. Sie hatte wirklich gar nichts von der eigentümlichen raubgierigen Eigennützigkeit der Kupplerinnen. Sie war von ganz guter Familie und sehr wohlerzogen, durch eine Reihe von Umständen aber zu ihrem Gewerbe gebracht worden, das sie teils aus Not, teils aus Neigung weiter trieb. Ja, aus Neigung, da kein Frauenzimmer je mehr Freude daran fand als die Cole, den Handel in gutem Gang zu erhalten, um der Sache selber willen, und es verstand auch keine alle Geheimnisse und Finessen des Liebeshandels eingehender als sie. Sie war einfach die Erste in ihrem Fach und hatte nur mit Kunden von Rang zu tun, für deren Wünsche sie immer eine Anzahl „Töchter" zur Verfügung hatte, – so nannte sie die Mädchen, deren Jugend und persönliche Reize die Aufnahme in ihre Fürsorge empfahlen. Und sie hatte mancher durch ihre Vermittlung und ihren Schutz eine sehr gute Stellung in der Welt verschafft.

Diese höchst nützliche Frau, unter deren Fittiche ich mich jetzt begab, hatte Herrn H*** wegen ihre Gründe, daß sie am Tage meines Umzuges nicht selbst vorsprach, sondern eine Freundin schickte, die mich in meine neue Wohnung, bei einem Besenbinder in der R*** Straße, bringen sollte; es war das nächste Haus neben dem ihrigen, in dem gerade kein Platz frei war. Diese Wohnung war schon von verschiedenen Verkäuferinnen der Liebe bewohnt gewesen, so daß der Hauswirt mit den Bräuchen vertraut war; und da die Mieten gut bezahlt wurden, so richtete er alles so gut und bequem ein als man nur verlangen konnte.

Die fünfzig Guineen, die Herr H*** mir versprochen hatte, wurden mir pünktlich ausbezahlt, und nachdem all meine Kleider und Möbel, die mindestens zweihundert Pfund Wert hatten, aufgepackt und auf einem Wagen untergebracht waren, nahm ich vom Wirte und seiner Familie höflichen Abschied; ich hatte nie intimer mit ihnen verkehrt, so daß mir die Trennung nicht sehr nahe ging, aber ich weinte doch ein bißchen. Ich ließ einen Dankbrief an Herrn H*** zurück, von dem ich mich jetzt völlig getrennt glaubte.

Mein Mädchen hatte ich tags zuvor verabschiedet; ich hatte sie von Herrn H*** und habe sie in Verdacht, daß sie aus Rache, weil ich sie nie ins Vertrauen gezogen hatte, auf irgendeine Weise Ursache zur Entdeckung meiner Geschichte mit Will gewesen war.

Bald waren wir in meiner neuen Wohnung, die, obgleich nicht so schön und glänzend möbliert wie die vorige, doch ebenso bequem war und nur die Hälfte kostete. Meine Koffer waren gut hinaufgebracht und in meinem Zimmer ausgepackt, als meine Nachbarin und Beschützerin, Frau Cole, mich zusammen mit meinem Hausherrn empfing, dem sie mich höchst vorteilhaft vorstellte, als eine, von der er alle Ursache hätte, regelmäßig den Hauszins zu erwarten, – alle Kardinaltugenden zusammen würden diese Empfehlung nicht aufgewogen haben. Ich war jetzt in meiner neuen Wohnung eingerichtet, mir selbst und den Stürmen des Lebens überlassen. Die Folgen und Vorfälle meines neuen Standes als Freudenmädchen wird ein zweiter Brief erzählen – es ist höchste Zeit, diesen ersten zu schließen.

Ich bin, Madame,
          die I h r i g e.

MADAME!

Ich zögerte mit der Fortsetzung meiner Geschichte, um für die schwache Hoffnung etwas Zeit zu gewinnen, Sie würden mich von der weiteren Erzählung meiner Bekenntnisse befreien, unter der meine Selbstachtung nicht wenig leidet. Ich dachte wirklich, Sie würden dieser einförmigen Begebenheiten und Eindrücke müde werden – einer Monotonie, die von Dingen dieser Art nicht zu trennen ist, da bei allen Änderungen der Form und der Art, deren die Situation fähig ist, doch eine Wiederholung fast derselben Bilder, derselben Worte und Ausdrücke Langeweile und vielleicht auch Abscheu hervorbringen muß. Die Worte: Wollust, brennende Leidenschaft, Entzückung, Erregung und der ganze Rest der übrigen damit verwandten pathetischen Vokabeln werden schwach und verlieren durch den häufigen Gebrauch von ihrem wahren Geist und ihrer Kraft, die im Grunde nur in der Ausübung liegen. Ich muß mich darum ganz auf Ihre Nachsicht verlassen. Ihre Phantasie muß Ihnen die Gemälde vor das Auge stellen, ihre Empfindung wird allen

Farben Leben geben, wo diese zu matt oder durch häufigen Gebrauch abgenützt sind.

Was Sie mir über die Schwierigkeit sagen, sich so lange auf jenem Mittelwege zu halten, der vom Geschmack geleitet zwischen den groben, ungezogenen und gemeinen Ausdrücken und der Lächerlichkeit alberner Gleichnisse und affektierter Umschreibungen hinführt, das ist sehr vernünftig. Und auch sehr gütig, denn Sie sagten es, um mich aufzumuntern und mich zum Teil auch mir selbst gegenüber zu rechtfertigen, wegen meiner Nachgiebigkeit gegen eine Neugierde, die doch größtenteils auf meine Kosten befriedigt wird.

Ich schreibe also da weiter, wo ich aufgehört habe.

Als ich an jenem Abend in meine neue Wohnung kam, half mir Frau Cole meine Sachen auspacken und in Ordnung bringen, und blieb dann den ganzen Abend in meinem Zimmer, wo wir zwei auch zu Abend aßen; wobei sie mir die besten Lehren gab, wie ich es in meinem neuen Stande einrichten müsse. Sie machte mich darauf aufmerksam, daß es eine hergebrachte Regel und ein Trick des Handwerkes sei, daß ich, da mein Gesicht für die Stadt neu wäre, zunächst als reine Jungfrau passieren müsse, ohne daß ich mich in der Zwischenzeit von meinen Vergnügungen abhalten lassen solle. Sie wolle sich mittlerweile nach dem rechten Mann umsehen und diese heikle Angelegenheit für mich erledigen, wenn ich ihre Hilfe und ihren Rat annehmen wolle, damit ich aus dem Verluste meiner „Unschuld" alle Vorteile ziehen könne.

Da damals eine besondere Delikatesse der Empfindung nicht zu meinem Charakter gehörte, muß ich gegen mich bezeugen, daß ich zu leichten Herzens auf diesen Vorschlag einging, gegen den meine Herzensgüte und Ehrlichkeit wohl einigen Widerwillen fühlte, aber doch nicht genug, mich den Absichten dieser Frau zu widersetzen, der ich die Leitung all meiner Schritte überlassen hatte. Denn Frau Cole hatte – wodurch weiß ich nicht, jedenfalls durch eine jener unerklärlichen sympathischen Empfindungen, die das stärkste Band weiblicher Freundschaft sind – mein ganzes Herz gewonnen. Ihrerseits wäre – wie sie mir später sagte – die große Ähnlichkeit mit einer einzigen Tochter, die sie in meinem Alter verloren hatte, der Hauptgrund ihrer herzlichen Zuneigung zu mir gewesen.

Obgleich ich keine intimere Bekanntschaft mit Frau Cole hatte, als daß sie zu Zeiten des Herrn

H*** zu mir gekommen war, um mir einige Galanteriewaren zu verkaufen, bei welcher Gelegenheit sie sich bei mir derart einschmeichelte, daß ich mich blindlings in ihre Arme warf und sie zuletzt uneingeschränkt achtete, liebte und ihr gehorchte, so muß ich ihr doch diese Gerechtigkeit wiederfahren lassen, daß ich nie etwas anderes an ihr gesehen habe als aufrichtige Zärtlichkeit und große Sorgfalt für mein Interesse, was etwas Seltenes bei Personen ihres Berufes ist. Wir schieden an diesem Abend, nachdem ich sie meiner uneingeschränkten, vollkommenen Ergebenheit versichert hatte, und am andern Morgen nahm mich Frau Cole zum erstenmal in ihr Haus.

Hier sah ich gleich auf den ersten Blick, daß alles sehr züchtig, ordentlich und ehrbar herging. Im Vorsaal saßen drei junge Mädchen, die sehr eifrig mit Galanteriesachen beschäftigt waren – das war der Deckmantel, unter dem das eigentliche Gewerbe viel bequemer betrieben wurde. Drei schönere Frauenzimmer konnte man sich kaum denken. Zwei von ihnen waren ganz besonders schön, die ältere von ihnen nicht über neunzehn Jahre, und die dritte, ungefähr in demselben Alter, eine pikante Brünette mit schwarzen feurigen Augen und sehr regelmäßigen Gesichtszügen.

Der Anzug der drei war wohl mit etwas übertriebener Absicht höchst einfach, aber von eleganter Sauberkeit. Dies war die kleine, häusliche Herde, die meine Führerin mit außerordentlicher Klugheit aufzog, gar nicht in der üblichen trunkenen Wildheit junger Mädchen, die dem Vergnügen überlassen leben. Nie behielt die Cole ein Mädchen, das nach dem Noviziat als unziehbar oder unwillig befunden wurde, sich den Vorschriften zu fügen. Auf diese Art hatte sie eine kleine Akademie der Liebe geschaffen, in der die Mitglieder in einer seltenen Vereinigung von Vergnügen und Geschäft, der äußern Züchtigkeit mit zügelloser Freiheit, ihre geheime Rechnung fanden, so daß Frau Cole, die die drei Mädchen ihrer Schönheit und ihres Temperaments wegen aufgenommen hatte, sie leicht regieren konnte.

Den drei Zöglingen, die schon auf mich vorbereitet waren, stellte mich die Cole als neue Kostgängerin vor, d. h. als eine, die unmittelbaren Zutritt zu allen Geheimnissen des Hauses hätte. Worauf diese liebenswürdigen Kinder mir einen herzlichen Willkomm und alle Zeichen vollkommenen Wohlgefallens an meiner Person gaben, wie ich sie nie von einer meines Geschlechtes erwartet hatte. Sie hatten es auch wirklich gelernt, alle Eifer-

sucht, allen Wetteifer der Schönheit dem gemeinschaftlichen Interesse zu opfern; sie sahen mich einfach als eine Partnerin an, die keinen geringen Teil zu dem Einkommen des Hauses beitragen würde. Sie umringten mich und besahen mich von allen Seiten, und da meine Aufnahme in diese kleine Gemeinschaft einen kleinen Feiertag bedeutete, so wurde der Arbeitsvorwand rasch beiseite gelegt; Frau Cole ging an ihre Hausgeschäfte und überließ mich den Liebkosungen der Mädchen.
Die Gleichheit unsers Geschlechts, Alters, Gewerbes und unserer Aussichten stellte schnell eine schrankenlose Freiheit und Vertraulichkeit zwischen uns her – es war, als ob wir schon Jahre miteinander verbracht hätten. Sie zeigten mir das ganze Haus, ihre besonderen Zimmer, die alle sehr bequem und luxuriös eingerichtet waren, ein weitläufiges Besuchszimmer, wo sich gewöhnlich eine geschlossene Gesellschaft traf und lustige Gelage veranstaltet wurden, bei denen die Mädchen mit ihren Liebhabern sich ihrem Mutwillen überließen. Der Trotz gegen bürgerliche Anständigkeit, Tüchtigkeit und Eifersucht brachte dieses Gesetz der Gesellschaft mit sich, daß jedes verlorene Vergnügen geistiger und sittlicher Art durch ein sinnliches wieder eingebracht werden mußte:

durch die Reize der Abwechslung. Die Gründer dieses Institutes konnten sich sehr wohl für die Wiederhersteller des Goldenen Zeitalters halten, ehe die Unschuld dieses Zustandes durch die Namen Schuld und Scham vernichtet wurde.

Sobald der Abend gekommen und alles wohl verschlossen war, was den Schein eines Ladens machte, wurde die Akademie eröffnet, die Maske der Züchtigkeit abgeworfen, und die Mädchen taten, wie sie die Neigung oder das Geschäft in die Arme ihrer jeweiligen Liebhaber rief. Keiner wurde aber zugelassen, von dessen Charakter und Verschwiegenheit Frau Cole sich nicht von vornherein genau informiert hätte. Es war mit einem Worte das sicherste und feinste Haus der Stadt, das jeden Ansprüchen genügte, indem alles so eingerichtet war, daß Anständigkeit dem ausschweifendsten Gewerbe keinen Eintrag tat, in dessen Ausübung die auserwählten Vertrauten des Hauses ein so schwieriges und seltenes Problem glücklich gelöst hatten, daß alle die Raffinements des Geschmacks und der Delikatesse mit den größten und tollsten Vergnügungen der Sinne zusammengehen konnten.

Den Morgen verbrachte ich in zärtlichem Umgang mit meinen neuen Bekannten, von denen ich alle nötigen Unterweisungen bekam. Dann gingen wir zu Tisch; Frau Cole saß zuoberst unter ihren Küchlein und gab mir von ihrer geschickten Kunst, den Mädchen so viel innige Liebe und Achtung einzuflößen, einen schönen Beweis. Es war da keine Steifheit, keine Empfindlichkeit oder Eifersucht, – alles war von einer ungezwungenen und natürlichen Fröhlichkeit.

Nach dem Mahle eröffnete mir Frau Cole, von den jungen Damen unterstützt, daß am kommenden Abend ein richtiges Kapitel gehalten würde, zu Ehren meiner Aufnahme in die Schwesternschaft, und daß ich mich dabei einer Einweihungsfeier zu unterziehen haben würde, mit der ich sehr zufrieden sein sollte.

Ich war, von dem Reize meiner Gespielinnen gefesselt, für jeden Vorschlag zu haben, den man mir machen konnte, und so gab ich, um meine Zustimmung zu zeigen, freie Hand für alles, was geschehen solle und erhielt dafür von den Vieren Küsse und Komplimente als Beweis ihres Wohlgefallens an meiner Gelehrigkeit und Regsamkeit: Ich sei ein süßes Mädchen – ich wüßte mich in die Dinge mit so viel guter Grazie zu schicken – ich affektierte keine Blödigkeit – ich würde der Stolz des Hauses werden – und lauter solche liebe Worte mehr.

Frau Cole verließ uns, und die Mädchen beredeten mit mir die Sache ausführlicher. Ich würde abends mit vieren ihrer besten Freunde bekannt gemacht werden, von denen der eine, dem Brauch gemäß, durch sie die Ehre haben sollte, mich in die Gewohnheiten des Hauses einzuführen. Sie versicherten mir, es wären alle junge Gentlemen von angenehmer Person und hoher gesellschaftlicher Stellung, und daß sie die vornehmste Unterstützung ihres Hauses ausmachten und die Mädchen, die ihnen gefielen und sich in ihre Launen schickten, reichlich beschenkten; man betrachte sie als die vornehmsten Stifter und Patrone des kleinen Seraglio. Nicht als ob sie zu anderer Zeit nicht auch andere Kunden hätten, aber mit denen brauche man es nicht so genau zu nehmen wie mit diesen, weil sie nicht nur gute Kenner, sondern auch große Wohltäter an ihnen wären.

Die Aussicht auf diese Vergnügungen, die man mir versprach und an die ich glaubte, verwirrte mich. Ich wollte nach Hause gehen, um mich umzukleiden. Aber Frau Cole versicherte mir, daß die Herren, denen ich vorgestellt werden sollte, viel zu verwöhnt seien, als daß sie auf Schmuck und Flitter etwas gäben, dessen sich auch nur dumme Frauenzimmer bedienten und damit ihre

Schönheit eher versteckten und verdürben als höben. Die erwarteten Herren seien Kenner und würden jede panaschierte und bemalte Herzogin sofort verlassen um ein gesundes tüchtiges Mädchen vom Lande. „Die Natur hat für Sie, liebe Fanny, genug getan, als daß Sie sich mit der Kunst nachzuhelfen brauchten, der Kunst etwas verdanken müßten. Ziehen Sie ein Negligé an, das steht Ihnen sehr gut und eignet sich auch am besten für diesen Anlaß."

Ich hielt meine Frau Cole für eine zu gute Kennerin in solchen Dingen, als daß ich ihr widersprochen hätte.

Während dieses Gespräches brachte man den Tee; die jungen Mädchen teilten unsere Gesellschaft.

Nachdem man über mancherlei froh geplaudert und gescherzt hatte, schlug eines von den Mädchen vor, da noch genug Zeit wäre bis zum Abend, daß eine jede erzählen solle, unter welchen Umständen sie ihre Unschuld eingebüßt hätte. Das wurde von allen angenommen, und die den Vorschlag gemacht hatte, fing an.

Sie hieß Emily und war ein entzückendes Mädchen, mit einem Körper, der vielleicht zu grazil, zu zartknochig war, denn ihre vollen, gerundeten

Formen schadeten dieser Zartheit etwas; ihre Augen waren blau und von unaussprechlicher Sanftheit, nicht hübscher als ihr Mund und ihre Lippen, die sich über eine Reihe von weißem Elfenbein schlossen. Sie erzählte:

„Weder meine Geburt noch jene kritische Periode meines Lebens ist irgendwie ungewöhnlich, und nicht aus Eitelkeit machte ich den Vorschlag zu erzählen, sondern nur zum Zeitvertreib. Meine Eltern waren und sind, so viel ich weiß, noch heute Pächtersleute auf dem Lande, vierzig Meilen von London. Ihre Unmenschlichkeit gegen mich zugunsten eines Sohnes, dem sie alle Zärtlichkeit schenkten, ließ mich oft den Entschluß fassen, aus dem Hause zu fliehen und in die weite Welt zu gehen. Als ich fünfzehn Jahre alt war, zwang mich ein Zufall dazu. Ich hatte eine große Porzellanschale zerbrochen, den Stolz der Familie, und da unbarmherzige Schläge die geringste Strafe war, die meiner wartete, so verließ ich aus Angst das Haus und wanderte auf der Landstraße geradewegs nach London. Wie mein Durchbrennen zu Hause aufgenommen wurde, weiß ich nicht, denn bis heute habe ich nichts darüber gehört. Mein Vermögen bestand in ein paar Schaumünzen, die ich von meiner Patin hatte, einigen Schillingen, zwei silbernen Schuhschnallen und einem Fingerhut. Das war mein ganzes Vermögen; ich hatte nur die einfachen Alltagskleider, die ich am Leibe trug. Bei jedem Geräusch schrak ich auf, gönnte mir keine Rast und ging so wohl ein Dutzend Meilen, bis ich vor Müdigkeit nicht mehr konnte.

Ich setzte mich auf einen Stein und fing bitterlich zu weinen an, mehr aus unklarer Furcht als aus Not, denn die Rückkehr zu meinen unnatürlichen Eltern schien mir ärger als Sterben. Diese Rast stärkte und die Tränen erleichterten mich, und ich ging weiter. Da holte mich ein Bauernbursche ein, der gleich mir nach London ging, um da sein Glück zu versuchen. Er war seinen Verwandten ebenfalls entlaufen und kaum älter als siebzehn Jahre, frisch und hübsch sah er aus mit seinem ungekämmten blonden Haar, dem kleinen Hütchen darauf, dem Lederkoller, den hanfenen Strümpfen, kurz, er war ein prächtiger Junge, wie er so vom Pfluge weggelaufen war.

Ich sah ihn springend hinter mir her kommen, über der Schulter ein Bündel am Ende eines Stockes, das sein ganzes Reisegepäck war. Einige Zeit lang gingen wir nebeneinander her, ohne ein Wort zu sprechen; dann gab ein Wort das andere, und wir gelobten uns, bis ans Ende unserer Reise beisammen zu bleiben. Seine Absichten kannte ich nicht, und die meinen waren, wie ich mit allen Eiden beschwören kann, ganz unschuldiger Art.

Als die Nacht einbrach, mußten wir uns um ein Obdach in einem Wirtshause umsehen, aber wofür sollten wir uns denn ausgeben, wenn wir gefragt würden? Nach einigem Hin und Her machte der Bursche einen Vorschlag, der mir der schönste von der Welt erschien: Wir sollten uns für Mann und Frau ausgeben! An die Folgen dachte ich nicht weiter. Bald kamen wir an eins der Schlafhäuser für arme Fußgänger. Ein altes verschrumpftes Mütterchen stand davor, das uns, als sie uns vorbeitraben sah, einlud, einzutreten. Vergnügt, ein Schutzdach gefunden zu haben, traten wir ins Haus. Mein Reisegefährte hatte alles Weitere auf sich genommen; er bestellte, was im Hause war, und wir aßen zusammen, ganz wie Mann und Frau, wofür wir auch nach Alter und Figur gelten konnten. Als die Bettzeit kam, hatte keiner von uns den Mut, unser Übereinkommen zu brechen, und der junge Bursche war ebenso verwirrt über das unserem verheirateten Stand doch zukommende Zusammenschlafen wie ich selbst. Währenddem nahm die Wirtin das Licht und leuchtete uns in unser Zimmer, das über einen langen Hof hinweg lag, getrennt vom Hauptgebäude.

Da wurden wir hingeführt, ohne daß ein Wort gewechselt wurde, in eine schlechte Kammer, mit einem ebenso schlechten Bett, in dem wir die Nacht zusammen verbringen sollten. Ich meinerseits war so unschuldig, daß ich mir so wenig dabei dachte, mit ihm zusammen zu übernachten, wie mit einem unserer Milchmädchen, und er hatte vielleicht auch keine anderen Vorstellungen als ganz unschuldige – bis eine solch schöne Gelegenheit ihm andere in den Kopf setzte. Bevor eines von uns entkleidet war, löschte er das Licht aus, und die kalte Luft trieb mich schnell ins Bett. So kroch ich also, nachdem ich meine Kleider abgelegt hatte, mit unter die Bettdecke. Die Berührung mit einem warmen Körper war mir eher angenehm als beunruhigend. Ich war durch das Neue meiner Lage zu sehr verwirrt, als daß ich gleich hätte einschlafen können, aber ich dachte an gar nichts Schlimmes. Doch die Instinkte der Natur sind mächtig und wenig braucht es, sie zu wecken. Der junge Mensch zog mich leise näher zu sich heran, wie um es wärmer zu haben.

Meine Nachgiebigkeit machte ihn kühner, und er wagte es, mich zu küssen, und ich, ohne die Folgen zu kennen, küßte ihn wieder. Ich war ganz unter dem Bann der neuen, fremden Gefühle, zwischen Furcht und Neugier. Und ehe der Morgen kam, war mir nichts auf der Welt so teuer als dieser Räuber meiner Unschuld. Er war mir jetzt alles, und wir kamen überein, unser gleiches Schicksal miteinander weiter zu tragen, wenn wir in die Stadt kämen. Wir lebten da auch einige Zeit zusammen, bis die Notwendigkeit uns trennte, die mich auf einen Weg des Lebens trieb, auf dem ich herumgestoßen und fast vernichtet wurde und den ich doch nicht verließ, aus Bequemlichkeit oder aus Neigung, bis ich in dieses Haus kam. Was da weiter mit mir geschah, das zu erzählen geht über die Grenzen, die ich vorgeschlagen habe, so daß ich meine Erzählung hier schließe."

Der Reihe nach war es jetzt an Harriet, zu erzählen. Unter all den Schönheiten unseres Geschlechtes, die ich früher und später gesehen hatte, waren es wirklich wenige, die ihr den Rang streitig machen konnten, so wunderbar war Harriet. Ihre Gestalt war ganz ebenmäßig; ihr Teint wurde noch durch schwarze Augen erhöht, deren Glanz ihrem Gesicht mehr Lebhaftigkeit gab, als die Farbe es vermochte, die ein angenehmes, sanftes Rot gegen die Blässe schützte, ein Rot, das immer zarter wurde und in glänzendes Weiß überging. Die Zierlichkeit der Züge gab ihrer Gestalt etwas Süßes, Zerbrechliches, dem ein etwas lässiges Temperament, ein schmachtender Ausdruck und eine starke Empfänglichkeit nicht widersprachen. Aufgefordert, ihre Geschichte zu erzählen, lächelte sie und errötete ein wenig und erfüllte also unser Verlangen:

„Mein Vater war nichts weiter als ein Müller in der Nähe von York; er starb, sowie auch meine Mutter, als ich noch ein kleines Kind war, und so kam ich unter die Aufsicht einer kinderlosen Witwe, meiner Tante und Haushälterin des Lord N*** auf seinem Landsitz in der Grafschaft ***, wo ich mit aller erdenklichen Zärtlichkeit aufgezogen wurde. Ich war kaum siebzehn Jahre alt – ich bin jetzt noch nicht achtzehn –, als ich bloß meiner Person wegen, da ich ja kein Vermögen hatte, sehr vorteilhafte Anträge erhielt. Aber entweder war die Natur in der Entwicklung ihrer Lieblingsneigung zu langsam bei mir gewesen, oder war es, weil ich noch keinen vom andern Geschlecht gesehen hatte, der meine Neugierde gereizt hätte, oder war es die Furcht vor ich weiß nicht was – jedenfalls erhielt ich mir meine Tugend, und war aufs Heiraten so wenig begierig wie aufs Sterben. Meine gute Tante unterstützte noch diese Furchtsamkeit, die sie für kindliche Neigung zu ihr hielt und die sich nach ihrer Meinung mit der Zeit schon noch geben würde, so daß sie statt meiner den Freiern die Antwort gab.

Die Familie war jahrelang nicht auf ihrem Schloß gewesen, so daß es vernachlässigt und ganz der Sorge meiner Tante und zweier Diener überlassen war. So hatte ich volle Freiheit in dem einsamen großen Hause, das ungefähr eine halbe Meile von jeder anderen Wohnung entfernt lag, ein paar Hütten ausgenommen.

Hier wuchs ich in Unschuld und Ruhe auf, ohne daß was Bemerkenswertes passierte, bis ich eines Tages nach Tisch, wo meine Tante immer einen festen Schlaf tat und ich einige Stunden von ihr frei war, mich nach einem Sommerhause stahl, das vom Hause etwas entfernt lag. Ich nahm meine Arbeit mit und setzte mich in einen kleinen Salon, unter dessen Fenster ein Bach vorbeifloß. Hier fiel ich in einen sanften Schlaf, wohl von der Hitze der Jahreszeit und der ungewohnten Stunde ermüdet. Ein leeres hartes Bett und mein Arbeitskorb als Kopfkissen, das waren die Bequemlichkeiten meines kurzen Schlummers; denn bald weckte mich ein Geräusch und Geplätscher im Wasser. Ich stand auf, um nachzusehen, was los sei – es war, wie ich später erfuhr, der Sohn eines benachbarten Edelmannes, den ich vorher noch nie gesehen und der sich mit seiner Flinte hierher verirrt hatte, und von der Jagd und der Schwüle des Tages erhitzt, Lust zu einem Bade bekommen hatte.

Meine erste Regung beim Anblick des nackten Jünglings waren Staunen und Verwunderung. Ich hätte zwar gleich davonlaufen sollen, aber Tür und Fenster waren so gelegen, daß er mich im Fortgehen sehen mußte, und der Gedanke machte mich ganz verwirrt und beschämt. Ich war also gezwungen zu bleiben, bis er sich entfernt haben würde. In meiner Verlegenheit wußte ich nicht, was tun. Aus Scham und Angst wagte ich es nicht aus dem Fenster zu sehen, dessen altes verwaschenes Glas schwerlich den, der dahinter stand, verraten konnte. Auch war die Türe so sicher, daß sie ohne Gewalt und ohne meine Zustimmung nicht hätte von außen geöffnet werden können.

Jetzt erfuhr ich es an mir selber, daß Gegenstände, wenn wir uns nicht von ihnen entfernen können, unsere Augen ebenso mächtig anziehen, wie die, die uns gefallen. Ich konnte diesem namenlosen Trieb nicht lange widerstehen, der mich zu sehen drängte, ohne daß Verlangen danach in mir war. Kühn gemacht durch das Gefühl der Sicherheit, nicht gesehen zu werden, wagte ich es nach und nach, meine Augen auf diese Sache zu lenken, die meiner mädchenhaften Scham so schrecklich und aufregend war – ein nackter Mann! Das erste, was mir auffiel, war nichts sonst als der schneeige Glanz der weißesten Haut, die man sich denken kann, auf der die Sonne spielte und deren Strahlen sie ganz blendend machten. In der Verwirrung, in der ich mich befand, konnte ich die Züge des Gesichtes nicht deutlich unterscheiden; ich sah nur, daß viel Jugend und Frische darin lag. Das fröhliche, abwechselnde Spiel seiner feinen glatten Glieder, wie sie über der Oberfläche des Wassers auftauchten, wenn er schwamm und mit dem Wasser spielte, vergnügte und entzückte mich unvermerkt. Dann wieder lag er bewegungslos auf dem Rücken, vom Wasser getragen, und darauf in schwarzen Locken das lange Haar, das seine klare Stirn umwogte.

Das Feuer der Natur, das so lange in mir geschlafen oder verborgen gelegen hatte, brach aus und gab mir zum ersten Male das Gefühl meines Geschlechts. Er hatte jetzt seine Stellung verändert und schwamm auf dem Bauche mit der Brust gegen das Wasser hin, und schlug mit Armen und Beinen aus, während seine fließenden Locken ihm um Nacken und Rücken spielten und dessen Weiße noch hoben – alles das verwirrte mich, wie er aus dem glänzenden Schimmer des Wassers auf- und niedertauchte. Ich fühlte das Schlagen meines Herzens so stark, wozu vielleicht auch die Hitze etwas beitrug, daß ich fast darunter verging. Nicht, daß ich genau gewußt hätte, was mir fehlte – mein einziger Gedanke war nur der, daß nichts sonst als so ein lieber Junge mich ganz glücklich machen könnte. Immer noch starrte ich zu ihm hinüber, als er plötzlich unter dem Wasser versank. Ich hatte einmal gehört, daß es Krämpfe gibt, die auch den besten Schwimmer befallen und sein Ertrinken verursachen können; die unsagbaren Gefühle, die dieser Unbekannte in mir erweckt hatte, machten mich durch den tödlichen Schrecken, als ich ihn versinken sah, so verwirrt, daß ich hinaus und an den Rand des Kanals eilte, von unsinniger Furcht und dem Verlangen getrieben, das Werkzeug seiner Rettung zu werden, obgleich ich gar nicht wußte, wie ich das anstellen sollte. Aber wie konnte ich in meinem Zustande denken! Dies alles dauerte nur ein paar

Augenblicke. Ich hatte gerade noch Leben genug, das grüne Ufer zu erreichen, wo ich ängstlich nach dem jungen Manne aussah, und da ich nichts mehr von ihm wahrnahm, so drückten mich mein Schrecken und meine Teilnahme in eine tiefe Ohnmacht, die wohl einige Zeit gedauert haben muß.

Denn ich kam erst wieder zu mir, als ich mich nicht nur in den Armen des jungen Mannes fand, den ich so besorgt retten wollte, sondern ganz in seinem Besitz, wobei ihm meine Widerstandslosigkeit sehr vorteilhaft zustatten kam. Ermattet von den Seelenkämpfen, die ich ausgestanden, und von der Ohnmacht, hatte ich weder die Kraft zu schreien, noch mich aus seiner Umarmung loszureißen – zitternd und sprachlos, unfähig aufzustehen, erschrocken und nah daran, wieder in Ohnmacht zu fallen. Der junge Mensch kniete bei mir, küßte meine Hand und bat mit Tränen in den Augen um Verzeihung – er wolle jeden Ersatz geben, der in seiner Macht stünde. Hätte ich in diesem Augenblick aufschreien oder die blutigste Rache nehmen können – ich hätte es doch nicht getan, trotzdem die Beleidigung groß und das Verbrechen von schwerwiegenden Umständen begleitet war; aber er kannte sie nicht, denn ich verdankte mein Verderben ja der Sorge um die Erhaltung seines Lebens.

Aber wie schnell ist der Übergang der Leidenschaft aus einem Extrem ins andere, und wie wenig kennen die das menschliche Herz, die das leugnen wollen!! Ich konnte den liebenswürdigen Verbrecher, den ersten Gegenstand meiner Liebe und meines gerechten Hasses, nicht auf den Knien vor mir liegen und meine Hände mit seinen Tränen benetzen sehen, ohne weicher, nachgiebiger zu werden. Mein Zorn ebbte so schnell ab und die Flut der Liebe kam so stark über mich, daß ich es als Teil meiner eigenen Glückseligkeit betrachtete, ihm zu verzeihen. Meine Vorwürfe stammelte ich in so sanftem Ton, und meine glänzenden Augen drückten so viel mehr schmachtende Empfindung als Unwillen aus, daß er fühlte, die Verzeihung sei nicht in verzweifelter Ferne; aber noch gab er seine demütig kniende Stellung nicht auf, bis ich ihm endlich in aller Form Verzeihung gab, was ich nach all den heißen Bitten, Beteuerungen und Versprechungen gewähren mußte.

Nach dieser Erklärung aber wagte er ängstlich die neue Beleidigung, mich zu küssen, was ich jetzt weder abwehrte, noch ihm zustimmte. Als ich ihm seine Grausamkeit vorwarf, erklärte er mir das Geheimnis meiner Niederlage, zwar zur Erleichterung seiner Schuld in den Augen eines so voreingenommenen Richters, aber doch nicht zu völliger Lossprechung. Sein Untersinken war nur ein Schwimmerkunststück gewesen, das ich nicht kannte und wovon ich nie gehört oder es je gesehen hatte; er besaß darin eine solche Übung, daß er den Atem anhielt die ganze Zeit über, bis ich zu Hilfe eilte und in Ohnmacht fiel. Als er heraufkam, sah er mich am Ufer liegen, und sein erster Gedanke war, daß irgendein übermütiges Mädel sich mit ihm einen Spaß machen wollte; denn er wußte, ich wäre früher nicht da schlafend gelegen, da er sonst mich ja hätte sehen müssen.

Daraufhin wagte er näherzukommen, und wie er mich ohne ein Lebenszeichen fand, nahm er mich, selber verwirrt von all dem, in seine Arme, geschehe daraus, was auch immer wolle, und trug mich in das Sommerhaus, dessen Tür offen stand. Hier legte er mich auf das Lager und versuchte es, wie er mir versicherte, mit allen möglichen Mitteln, mich zu mir zu bringen. Der Gedanke, daß ich mich bloß verstelle, reizte ihn; mein Anblick und die sichere Einsamkeit des Ortes taten das übrige, und so verlor er die Herrschaft über sich.

Während er sprach, klang der Ton seiner Stimme so sanft an mein Ohr und die fühlbare Nähe eines so neuen und ungewohnten Gefährten wirkte so mächtig auf mich, daß in mir alles Gefühl für das begangene Unrecht schwand, das ich nun in einem so angenehmen Lichte sah. Schnell entdeckte der Jüngling die versöhnlichen Anzeichen an meinen zärtlichen Blicken und beeilte sich um die Bestätigung von meinen Lippen durch einen Kuß, der mir ins Herz drang – ich konnte ihm nichts mehr verweigern.

Ich will also nur noch hinzufügen, daß ich, ohne entdeckt oder beargwohnt zu werden, nach Hause kam. Ich sah meinen jungen Räuber nachher noch öfter, liebte ihn jetzt leidenschaftlich, und er würde mich, obgleich noch unmündig, aber Herr eines kleinen Vermögens, geheiratet haben, wenn es das Schicksal nicht anders mit mir bestimmt hätte. Aber was mich zur öffentlichen Dirne machte, das ist zu ernsthaft, als daß ich es jetzt erzählen könnte, und deshalb breche ich hier ab."

Louisa, die Brünette, von der ich zuerst sprach, kam jetzt an die Reihe, die kleine Gesellschaft mit ihrer Geschichte zu unterhalten. Ich sprach schon über ihre Schönheit, die etwas Rührendes hatte; ich nenne sie rührend, um sie von der blendenden

Schönheit zu unterscheiden, die immer von geringerer Dauer und mehr bei den Üppigen zu finden ist. Aber das ist schließlich eines jeden eigener Geschmack, und ich lasse Louisa erzählen:

„Nach der Praxis meines Lebens müßte ich mich meiner Geburt rühmen, da ich sie allein der Liebe und nicht der Ehe zu verdanken habe. So viel ist jedenfalls sicher: Niemand kann mehr Neigung für meinen Beruf zum Erbe bekommen als ich erhalten habe. Ich war das Resultat der Liebe zwischen einem Tischlergesellen und der Tochter seines Meisters. Er konnte nicht viel für sie tun, aber sie fand bald die Mittel, ihren Fehltritt wieder gutzumachen. Das Neugeborene, das ich war, gab man einer Verwandten auf dem Lande, und meine Mutter heiratete hier in London einen Pastetenbäcker, der sein gutes Auskommen hatte und über den sie bald so die Herrschaft bekam, daß sie mich ihm als eine Tochter aus ihrer ersten Ehe vorstellte. So kam ich wieder zu ihr und war kaum sechs Jahre alt, als mein Stiefvater starb und meine Mutter in guten Verhältnissen und ohne Kinder zurückließ. Mein natürlicher Vater war zur See gegangen, wo er, wie es hieß, starb, nicht sehr reich, wie ihr euch denken könnt, da er nur ein gewöhnlicher Matrose gewesen war. Ich wuchs unter den Augen meiner Mutter groß, die für mich sorgte, und an ihrer Wachsamkeit merkte ich bald, daß sie nicht wünschte, die Merkmale ihres Fehltrittes auch an mir zu erblicken. Aber wir wählen unser Temperament so wenig wie Farbe und Form unseres Gesichts, und mein Temperament war schon so sehr nach den verbotenen Vergnügungen aus, daß ich alle ihre Sorgfalt und Wachsamkeit überlistete. Ich wußte jetzt instinktiv, daß nur der Mann diesen innern Aufruhr zur Ruhe bringen konnte; ich fühlte das und hatte auch bei Hochzeiten und Kindstaufen manches aufgefangen. Aber beobachtet und bewacht wie ich war, wie sollte ich da die Wachsamkeit meiner Mutter täuschen, um mir Befriedigung meiner ungestümen Neugierde und meines Sehnens nach jenem großen, ungekannten Erlebnis zu verschaffen! Da brachte endlich der Zufall, was alle lange Mühe nicht vermocht hatte. Eines Tages hatten wir bei einer Bekannten in der Nachbarschaft zusammen mit einer Dame, die unsern ersten Stock bewohnte, diniert, als meine Mutter aufgefordert wurde, diese Dame auf einem Ausflug nach Greenwich zu begleiten. Die Partie war schon abgemacht, als ich, ich weiß nicht durch welche gute Eingebung, Kopfschmerzen vorschützte, um diese kleine Reise nicht mitmachen zu müssen, zu der ich gar keine Lust hatte. Der Vorwand wurde angenommen, und meine Mutter entschloß sich, wenn auch ungern, ohne mich zu gehen, sorgte aber noch vorher dafür, daß ich sicher nach Hause und unter die Aufsicht einer alten treuen Magd kam, die im Laden bediente; wir hatten keine Mannsperson im Hause.

Kaum war meine Mutter fort, sagte ich dem Mädchen, ich wolle hinaufgehen, und mich in das Bett der Dame vom ersten Stock legen, weil meines nicht gemacht sei, und befahl noch, mich ja nicht zu stören, ich wäre sehr müde.

Oben im Schlafzimmer öffnete ich nun mein Schnürleibchen und warf mich aufs Bett, in der nachlässigsten Ausgezogenheit. Ich fiel in einen unruhigen Schlaf: denn ich warf meine Glieder herum, wie es die Lebhaftigkeit meiner Träume gebot; ich denke, jeder, der da bei mir gestanden und das gesehen hätte, mußte sofort auf die Liebe raten.

Und das tat einer auch wirklich; denn als ich aus meinem kurzen Schlummer erwachte, fand ich meine Hand fest in der eines Jünglings, der an meinem Bette kniete und mich um Verzeihung für seine Kühnheit bat. Er sei, sagte er, der Sohn jener Dame, der dies Schlafzimmer gehöre, und sei an dem Mädchen unten unbemerkt, wie er glaubte, vorbeigeschlüpft. Als er mich schlafend fand, habe er sich zurückziehen wollen, sei aber durch eine Macht zurückgehalten worden, der er nicht hätte widerstehen können. Was soll ich sagen? Schrecken und Überraschung waren im nächsten Augenblick von Ahnungen künftigen Glückes besiegt, das ich mir von der Fortsetzung dieses Abenteuers mit großer Geistesgegenwart versprach.

Der Junge kam mir beinahe vor wie ein mitleidiger Engel, vom Himmel zu mir herabgestiegen; denn er war jung und hübsch, was mehr war, als ich verlangt hatte, da ich nichts sonst als nur einen Mann, den Mann, gewollt hatte. So glaubte ich also, in Stimme und Blick nicht genug Ermunterung bringen zu können; ich verschmähte keine Avancen, die ich ihm machte, unbekümmert um seine spätere Meinung über mein Entgegenkommen, daß es ihn nur ja auf den Punkt bringen möchte, wo ich jetzt unbedingt Antwort haben mußte. Es kam mir nicht auf seine Gedanken, sondern auf seine Handlungen an. Ich richtete mich also ein bißchen auf und sagte ihm sehr zärtlich – was ihn auf denselben Ton stimmen sollte –, daß seine Mama ausgegangen wäre und vor Mitternacht nicht nach Hause zurückkommen würde; dies hielt ich für keinen schlechten Wink, aber es zeigte sich bald, daß ich es mit keinem Anfänger zu tun hatte.

So gelangte ich durch einen Zufall an das Ziel aller meiner Wünsche, durch einen unerwarteten, aber nicht wunderbaren Zufall. Denn der junge Herr war vor ein paar Tagen von der Universität gekommen und trat zufällig in das Zimmer seiner Mutter wie schon öfter, wo er mich fand. Wir hatten uns noch nie vorher gesehen und kannten uns nur vom Hörensagen. Die Geschichte hatte sonst keine Folgen. Aber mein heißblütiges Temperament hätte mich noch ganz ins Verderben gestürzt, und ich wäre gewiß untergegangen, hätte mich mein Schicksal nicht an diesen sicheren und angenehmen Ort gebracht."

Hiermit endigte Louisa. Mit diesen kleinen Geschichten war die Zeit herangekommen, da die Mädchen gehen mußten, um sich auf die Festlichkeiten des Abends vorzubereiten. Ich blieb bei Frau Cole, bis Emily kam und sagte, daß die Gesellschaft versammelt sei und nur auf uns warte. Nun nahm mich Frau Cole bei der Hand und führte mich, mir Mut zulächelnd, die Treppe hinauf, wo wir schon Louisa trafen, die uns mit zwei Kerzen in der Hand voranleuchtete.

Auf dem Treppenabsatze kam uns ein junger, sehr vornehm gekleideter und hübscher Herr entgegen; ihm sollte ich die erste Kenntnis in den Freuden des Hauses verdanken. Er begrüßte mich sehr galant und führte mich ins Besuchszimmer.

Bei meinem Eintritt hatte ich die Genugtuung, ein beifälliges Geflüster der ganzen versammelten Gesellschaft zu hören, die aus vier Herren bestand, meinem „Speziellen" eingeschlossen – so nannte man den jeweiligen Geliebten des Abends –, dann aus den drei jungen Mädchen, die nun ein hübsches fließendes Negligé anhatten, aus Madame Cole, der Präsidentin der Akademie, und aus meiner Wenigkeit. Man begrüßte mich mit einem Kuß in der ganzen Runde – die Küsse der Männer waren leicht von denen der andern zu unterscheiden. Ich wurde etwas verwirrt, als ich mich so von ganz fremden Menschen umgeben und liebkost sah, und es war mir nicht gleich möglich, mich ganz in die Fröhlichkeit und Lustigkeit zu finden, die Ort und Begrüßung mir diktierten.

Während der mutwilligsten und ausgelassensten Unterhaltung, der sich die ganze lustige Gesellschaft hingab, wurde ein sehr feines Souper aufgetragen, zu dem wir uns niederließen, mein Spezieller neben mir, die übrigen paarweise, ohne weitere Umstände oder Zeremonien. Die delikaten Speisen und der vortreffliche Wein verscheuchten bald jede Zurückhaltung: Die Unterhaltung wurde so lebhaft, als man nur wünschen konnte, ohne jedoch auszuarten.

Ich muß bemerken, daß trotz aller erlaubten Freiheit gute Manieren und Höflichkeit unverletzt beobachtet wurden.

Die Männer wissen es nicht, wie sehr sie ihr eigenes Vergnügen zerstören, wenn sie die Achtung, die unserem Geschlechte gebührt, verletzen, und besonders gegen jene von uns verletzen, die nur und zu nichts als zu ihrem Vergnügen da sind. Das war einer der Grundsätze dieses feinen Kreises von raffinierten und erfahrenen Adepten in der Kunst der Sinne, daß sie ihren Genossinnen der Freude nie größere Achtung erwiesen, als da sie ihnen mit ihrem Leibe dienten, da sie die Schätze verborgener Schönheit ihnen erschlossen und ihnen den Stolz ihrer natürlichen Reize zeigten, die schöner sind als irgendein Schmuck der Kunst und Mode.

Frau Cole hätte mir ihre Wertschätzung nicht besser zeigen können, als durch die Wahl gerade dieses Herrn zu meinem Zeremonienmeister. Er war der Erbe eines großen Vermögens, außerordentlich angenehm im Verkehr und kräftig und schlank. In seinem Gesicht zeigten sich Spuren von Blatternarben, aber nicht mehr, als daß sie ihm etwas Mannhaftes gaben, denn er neigte eher zum Sanften und Zärtlichen. Seine Augen waren von hellem, glänzenden Schwarz. Jede Frau hätte ihn einen hübschen, artigen Mann genannt.

Von mir habe ich Ihnen früher schon ein Porträt gegeben, doch raubt uns ja die Zeit in gewissen Perioden des Alters jeden Augenblick etwas von unsern Reizen – damals aber war ich in der vollen Blüte meiner Schönheit, denn mir fehlten nur wenige Monate an achtzehn Jahren. Meine Brüste, die auch jetzt noch vorzüglich sind, hatten eine angenehme Fülle und Festigkeit. Dabei war ich schlank und hatte eine Taille, wie sie dem Gesicht und dem Gefühl am angenehmsten ist: ein Vorzug meiner Gesundheit und Jugend. Die ganze Gesellschaft der Männer und Frauen machte mir wieder durch die Zeichen ihres Beifalls Mut und gab mir das Gefühl des Stolzes über meine eigene Schönheit, von der mein Freund galant versicherte, daß sie alles verdunkle, so daß ich, hätte ich alle Komplimente dieser Kenner aufrichtig glauben wollen, mir wohl hätte schmeicheln können, die Probe vor ihnen sehr gut zu bestehen.

Es war ein Gesetz, daß jeder Galan seiner Gesellschafterin für den Abend und bis er sie wieder der Gemeinschaft überließ, treu zu bleiben hatte, einmal um das so angenehme Eigentumsrecht zu haben, und dann, um jede Verstimmung zu vermeiden, die ein Wechsel unter Umständen hervorrufen konnte. Die Gesellschaft nahm Tee, Zwieback und andere Erfrischungen zu sich und entfernte sich paarweise um ein Uhr morgens. Frau Cole hatte für mich und meinen Partner ein bequemes Zimmer einrichten lassen, in dem wir die Nacht nur allzu rasch zu Ende brachten, so daß wir gewünscht hätten, es wäre der Tag nicht so früh gekommen. Am Morgen verließ mich mein Gefährte nach einem zärtlichen Abschied, und ich fiel in die Erquickung eines sanften Schlafes.

Als ich erwachte und mich, ehe noch Frau Cole hereinkäme, anziehen wollte, fand ich in einer meiner Taschen einen Beutel mit Goldstücken, den mein Herr da hineingesteckt hatte. Da gerade Frau Cole hereinkam, zeigte ich ihr das Geschenk und bot ihr natürlich so viel davon an, als sie nehmen wolle. Aber sie versicherte mir, der Herr hätte sie schon sehr reichlich belohnt, und sie würde durchaus nichts von mir nehmen. Ihre Weigerung war auf keine Weise irgendwie gekünstelt, und sie gab mir noch vortreffliche Winke in bezug auf die Führung meiner Person und meines Geldbeutels, Ratschläge, deren Befolgung sich im Laufe meiner näheren Bekanntschaft mit der Stadt reichlich lohnten.

Kaum war sie zu Ende, als die kleine Liebesherde, meine Gespielinnen, hereinkamen und ihre Komplimente und Liebkosungen erneuten. Ich bemerkte mit Vergnügen, daß die Feier der Nacht nichts von der Lebhaftigkeit ihrer Farben genommen oder ihre Frische vermindert hatte, und die Mädchen sagten mir auf meine Frage, daß sie das nur den guten Unterweisungen und Maßnahmen unserer vorzüglichen Führerin Madame Cole verdankten. Alsbald gingen sie hinunter, um wie gewöhnlich im Laden zu figurieren, und ich ging in meine Wohnung, wo ich die Zeit bis zum Mittag hinbrachte, da ich wieder zu Frau Cole herüberkam.

Hier blieb ich und unterhielt mich mit den Mädchen bis gegen fünf Uhr abends, als ich auf einmal sehr müde wurde und mich überreden ließ, mich auf Harriets Bett auszuschlafen. Ich legte mich in den Kleidern nieder und schlief sofort fest ein. Ich mochte so gegen eine Stunde geschlafen haben, als ich von meinem Liebhaber geweckt wurde, den man auf seine Frage nach mir hinaufgeschickt hatte.

Dieser angenehme junge Mann war mir sehr sympathisch, und er hatte große Lust, mich ganz für sich zu behalten, für einen Honigmond mindestens. Aber sein Aufenthalt in London dauerte leider nicht einmal so lange, da sein Vater, der eine wichtige Stellung in Irland innehatte, ihn mit sich nahm, als er wieder dahin zurückkehrte. Aber ich hatte so sehr seine Zuneigung gewonnen, daß er mir vor seiner Abreise vorschlug, ihm nach Irland nachzukommen, sobald er da eingerichtet wäre, und ich hatte zugesagt. Da er sich aber bald darauf in Dublin sehr reich verheiratete, so schlug er sich auf die klügere Seite und unterließ es lieber, nach mir zu schicken; er sorgte allerdings noch für ein kostbares Geschenk, das aber meine Betrübnis um ihn doch nicht ganz unterdrücken konnte.

Abreise und Heirat brachten eine kleine Lücke in unsere Gesellschaft, die aber Frau Cole sich auszufüllen nicht beeilte, denn sie war sehr vorsichtig in der Wahl ihrer Kundschaft. Und jetzt ging sie mit um so größerem Eifer zum Besten ihres Gewerbes darauf aus, mich als neugeschaffene Jungfrau anzubringen, was gewissermaßen der Trost meiner Witwenschaft sein sollte. Die Cole wartete nur auf die rechte Person für ihren Plan.

Es war mir aber, scheint es, bestimmt, meine Sachen in eigene Hand zu nehmen, wie es ja auch bei meinem ersten Versuch der Fall gewesen war. Ich hatte beinahe einen Monat im Genusse aller Freuden und Vertraulichkeiten mit meinen Gespielinnen verlebt; deren „Spezielle" hatten mich oft genug um meine Gunst gebeten – den Baronet N. ausgenommen, der bald nachher Harriet ganz zu sich nahm –, aber mit großer Geschicklichkeit und unter den mannigfachsten Vorwänden war ich immer diesen Ansuchen ausgewichen, ohne den Herren dadurch Ursache zu Klagen zu geben. Diese Zurückhaltung legte ich mir nicht etwa aus Mißfallen an ihnen auf, sondern aus Liebe zu meinen Gefährtinnen, die, wenn auch äußerlich frei von jeder Eifersucht, mich doch dadurch lieber gewinnen mußten, daß ich so viel Achtung für sie hatte, ohne mir daraus ein besonderes Verdienst zu machen. So lebte ich ruhig dahin und geliebt von der ganzen Gesellschaft.

Da trat ich eines Abends in einen Früchteladen in Conventgarden, um einige Früchte zu kaufen, als ich folgendes erlebte:

Während ich um das Obst handelte, das ich kaufen wollte, sah ich mich von einem jungen Herrn beobachtet, dessen reiche Kleidung mir zuerst auffiel; er hatte auch sonst nichts Merkwürdiges an sich, außer daß er blaß und dünn war und sich sozusagen auf trägen Beinen wiegte. Es war leicht zu merken, daß er es auf mich abgesehen hatte. Er kam näher an mich heran, bis er an dem gleichen Korb stand. Er bezahlte, was man nannte, und blickte mich dabei unausgesetzt an. Ich sah ganz wie ein anständiges Mädchen aus, hatte keine Federn auf dem Hute und auch nicht das Parfüm einer schlechten Stadtjungfer; einen Strohhut, einen weißen Schlender, saubere Wäsche und dazu ein gewisses, natürliches und ungezwungenes Unschuldsgesicht, das mich nie verließ, auch wenn ich noch so sehr dagegen am Werke war. Alles das gab ihm nicht den geringsten Anlaß zu Vermutungen über meinen Stand. Da sprach er mich auch schon an, und weil mir, wie vor jedem Fremden, die Röte ins Gesicht stieg, so entfernte ihn das nur noch weiter von der Wahrheit. Ich antwortete mit einer Ungeschicklichkeit und in einer Verwirrung, die ihn vollständig täuschten, um so mehr, da auch etwas Echtes daran war.

Nachdem das Eis erst gebrochen, sprach er weiter und tat eingehendere Fragen, in deren Beantwortung ich so viel Unschuld, Einfalt und Kindlichkeit legte, daß ich die Überzeugung bekam, er schwöre auf meine Unberührtheit. Die Männer zeigen, wenn sie einmal durch das Gesicht gepackt sind, einen solchen Vorrat von Dummheit, von der ihre Männerweisheit nichts ahnt, und wodurch auch die Scharfsinnigsten unter ihnen leicht von uns hintergangen werden. Unter anderem fragte er mich, ob ich schon verheiratet wäre. Ich antwortete, ich wäre noch viel zu jung, um vor Jahren daran zu denken; ich wäre ja erst siebzehn Jahre alt, wobei ich nur ein Jahr unterschlug. Wie ich lebte? Nun, ich sei bei einem Galanteriehändler in Preston als Lehrmädchen gewesen und einer Bekannten wegen in die Stadt gekommen; die hätte ich aber bei meiner Ankunft tot gefunden und lebte nun als Tagarbeiterin bei einer Galanteriewarenhändlerin in der Stadt. Für eine Arbeiterin konnte ich nicht gut gehalten werden, aber er nahm es für wahr, da er bereits ganz in Flammen für mich war.

Nachdem er am Ende noch, sehr fein, wie er glaubte, herausgebracht hatte, was zu verheimlichen gar nicht meine Absicht war: meinen Namen, den von Frau Cole und meinen Aufenthaltsort, belud er mich noch mit den seltensten und schönsten Früchten und entließ mich nach Hause.

Ich erzählte Frau Cole gleich alles, was vorgefallen war, und sie bemerkte sehr scharfsinnig, daß, wenn er nicht käme, nichts verloren sei, wenn er aber käme, sein Charakter und seine Absichten erst wohlgeprüft werden müßten, um zu wissen, ob das Spiel den Einsatz wert sei. Meine Rolle währenddem wäre sehr leicht, denn ich hätte nichts weiter zu tun als ihren Weisungen bis zum letzten Akt zu folgen.

Am nächsten Morgen kam mein junger Herr in seinem Wagen an den Laden, nachdem er, wie wir später erfuhren, den Abend zuvor mit Nachforschungen in der Nachbarschaft über Frau Coles Charakter verbracht hatte, den er ganz seinen Absichten entsprechend fand. Er fragte nach Mrs. Cole und machte den Anfang der Bekanntschaft damit, daß er einige feine Wäsche kaufte. Ich saß dabei, ohne die Augen aufzuschlagen, und nähte eifrig an dem Saum einer Manschette; Frau Cole konstatierte, daß Louisa und Emily, die neben mir an der Arbeit saßen, dem Eindruck, den ich erweckte, nicht gefährlich waren. Er machte vergebliche Anstrengungen, meinen Augen zu begegnen, denn ich hielt den Kopf hartnäckig niedergebeugt und zeigte so etwas von Schuldbewußtsein darüber, daß ich ihm zu einem Besuch Mut gemacht hätte. Frau Cole erbot sich, ihm die Sachen selbst zu bestimmter Zeit ins Haus zu bringen, worauf er ging und einiges mitnahm, was er sehr splendid bezahlte, um seinem ersten Besuch gleich das rechte Ansehen zu geben.

Die Mädchen ahnten nichts von dieser mysteriösen neuen Bekanntschaft, aber Frau Cole versicherte mich, sobald wir allein waren, daß ihrer langen Erfahrung nach meine Reize ihr Ziel nicht verfehlt hätten, was ihr des Herrn Eifer, seine Manieren und Blicke sicher bewiesen. Jetzt müsse sie nur noch seinen Charakter und seine Verhältnisse auskundschaften, was ihr schon gelingen würde, und danach müsse man dann die Maßregeln treffen.

Und ein paar Stunden später wußte sie wirklich, daß meine neue Eroberung ein junger Mann mit großem ererbten Vermögen und natürlich von nicht sehr guter Gesundheit war, die er sich durch seine Passionen bereits gründlich verdorben hatte. Nachdem er alle mehr gewöhnlichen Arten der Debauche durch hatte, war er hinter unschuldigen Landmädchen her, wobei er schon eine ganze Anzahl ins Unglück gebracht hatte, denn er ließ sich keine Mühe verdrießen, an sein Ziel zu kommen. Eine jede behielt er nur, solange es ihm Spaß machte oder bis ihm ein neues Gesicht auffiel; da überließ er die Vorgängerin kühlen Herzens ihrem Schicksal. Er suchte übrigens seine Opfer nur dort, wo er mit Geld etwas ausrichten konnte.

Aus all dem zog Frau Cole den Schluß, daß ein solcher Typ immer billig zu haben und daß es eine Sünde wäre, ihn nicht ordentlich zahlen zu lassen, denn, sagte sie, ein Mädchen wie ich verkauft sich nicht um jeden Pappenstiel.

Sie machte sich also zur verabredeten Stunde auf in seine Wohnung, die er in einem unserer Hofhotels hatte und die sehr geschmackvoll möbliert war, mit allem Komfort und Luxus. Sie traf ihn schon wartend, und nachdem der Vorwand des angeblichen Handels erledigt war, kam das Gespräch auf langen Umwegen auf das Geschäft, das, wie die Cole sagte, sehr schlecht ginge, auf die Eigenschaften ihrer Lehrmädchen und Tagarbeiterinnen und schließlich auf mich. Da war nun Frau Cole ganz in ihrer Rolle einer guten, alten, geschwätzigen Gevatterin, die alles sagt, sowie die Zunge einmal ordentlich läuft. Sie tischte ihm eine höchst wahrscheinliche Geschichte von mir auf, in der sie hier und da sehr kunstvolle Pointen zum Lob meiner Person anbrachte und alles mit der allereinfältigsten Natürlichkeit, so daß sie ihn recht hübsch dahin brachte, wohin sie ihn haben wollte. Er wurde interessiert, ließ wie von ungefähr etwas über seine Absichten fallen und brachte die Cole mit Mühe und vieler Konfusion auf den gewissen Punkt, denn sie stellte sich so lange als möglich, als ob sie ihn nicht verstände, ohne sich aber als ein Tugenddrache aufzuspielen, der Feuer und Flamme speit, wenn er was merkt. Sie ging vielmehr mit der ganzen Grazie einer simpeln, ehrlichen, guten Frauensperson auf die Sache ein, tat als ob sie von nichts Bösem wüßte und ihr Brot auf eine ehrliche Art verdiente, aber doch von hinlänglich biegsamem Stoff sei, der mit Geschicklichkeit bearbeitet, für jede Absicht zu gewinnen ist. So geschickt spielte sie ihre Rolle, daß sie wohl drei oder vier Zusammenkünfte mit ihm hatte, bevor er sich die erste kleine Hoffnung auf ihren Beistand machen konnte. Während dieser Zeit hatte er mit einer Menge natürlich fruchtloser Botschaften, Briefe und anderer direkter Versuche um meine Neigung sich überzeugt, daß man bei mir nicht ankomme, was alles dazu beitrug, meine Person und den Preis bei ihm in die Höhe zu treiben.

Dabei achtete die Cole doch sehr darauf, die Schwierigkeiten nicht zu weit zu treiben, daß er nicht noch etwa Zeit gewänne, gewisse Entdeckungen über mich zu machen, oder daß andere Zufälle sich ereigneten, die ihren Plan kreuzen könnten. Und so erklärte sie sich endlich, nach vielen Bitten, Versprechungen, und was das wichtigste war: durch die festgelegte Summe, die er verschreiben mußte, für überwunden und bereit. Jetzt war es ein Kunststück, den Schein zu bewahren, als ob sie bloß den Lockungen dieser großen Geldsumme nachgäbe. Dies mußte auf eine Weise getan werden, daß er fest überzeugt würde, ihre tugendhaften Finger hätten niemals vorher an eine solche Sache auch nur getippt.

So führte sie ihn durch alle Grade von Schwierigkeiten und Hindernissen, die nötig waren, den Preis für das, was er wollte, zu erhöhen; und schließlich hatte das bißchen Schönheit, das ich besaß, sein Verlangen, mich zu besitzen, so gesteigert, daß er der guten Cole gar keinen Grund ließ, sich ihrer Geschicklichkeit zu rühmen, denn er fiel ganz plump auf alles hinein, was sie ihm vormachte. Nicht als ob Herr Norbert in anderen Dingen nicht ganz vernünftig gewesen wäre; auch kannte er das Leben der Großstadt genau und selbst die Gattung Betrug, deren Opfer er wurde; aber seine Leidenschaft machte ihn so blind, daß er die Aufdeckung des Betruges für einen an seinem Vergnügen geschehenen Übeln Dienst gehalten haben würde.

So lief er also Hals über Kopf dorthin, wo ihn Frau Cole haben wollte: mit Freuden einen – wie ihn dünkte – billigen Kauf zu schließen; er erhielt das imaginäre Juwel meiner Reinheit und versprach mir dafür dreihundert Guineen und einhundert der Unterhändlerin als geringe Entlohnung für all ihre Mühe und ihr Gewissen, das sie jetzt zum erstenmal in ihrem Leben opfere. Die Summe sollte bar ausbezahlt werden bei Überlieferung meiner Person, nicht eingerechnet etliche ansehnliche Geschenke, die ich im Laufe der Unterhandlung bekommen hatte, während welcher Zeit ich gelegentlich, selten genug, in seine Gesellschaft gebracht worden war und das zu schicklicher Zeit und Stunde.

Ich staunte selber, wie wenig ich nötig hatte, meine mir natürliche Züchtigkeit zu steigern, um sie ihm als die einer wahren Jungfrau weiß zu machen; all meine Blicke und Bewegungen atmeten jene Unschuld, die die Männer so heftig bei uns verlangen und zu keinem anderen schließlichen Zweck, als ihrer Zerstörung, wobei sie mit all ihrer Erfahrung doch so leicht und so oft hintergangen werden.

Nachdem alle Artikel des Vertrages völlig beschlossen waren, die ausgemachte Summe gehörig gesichert und nichts mehr fehlte, als die Hauptsache, die darin bestand, daß meine Person in seine freie Verfügung überginge, da wußte Frau Cole ihre Bedenken, daß dies in seiner Wohnung geschehe, so geschickt vorzubringen, daß es ihm als sein eigener Gedanke vorkam, als er bat, daß diese Parodie einer Hochzeit in ihrem Hause abgehalten werden sollte. Erst sagte sie nein, und sie könne so etwas in ihrem Hause nicht dulden und nicht für tausend Pfund wolle sie riskieren, daß eine der Mägde oder ihre Lehrmädchen Wind von der Sache bekämen, und ihr kostbarer guter Name würde auf ewig verloren sein und solche Redensarten mehr. Aber schließlich kam es doch so wie sie es ja wollte, denn ihre Einwände waren immer solcher Art, daß sie leicht behoben werden konnten, und es lief schließlich immer darauf hinaus, daß er noch etwas mehr tun sollte für all das, wo sie schon so viel tue.

Inzwischen ließ es Frau Cole weder an Anweisungen noch an Vorbereitungen fehlen, daß ich vor meinem Bräutigam mit Ehren bestünde.

Am festgesetzten Tage wurde er um elf Uhr nachts ganz leise und geheimnisvoll von Frau Cole selbst hereingelassen und in ihre Schlafkammer geführt, wo ich zitternd des Freiers harrte, keineswegs mit der Furcht einer wirklichen Unschuld, aber mit der weit größeren einer falschen, was mir ein etwas blödes und verwirrtes Aussehen gab, das man meiner Züchtigkeit anrechnen durfte und dessen Ursache selbst für weniger voreingenommene Augen als die meines Liebhabers nicht zu erkennen war.

Frau Cole verließ das Zimmer, nachdem sie die alten Scherze gemacht hatte, wie sie bei einem Brautpaare Brauch sind, das man zum erstenmal allein läßt.

So war ich also in den Händen des grimmigen Räubers, der meine Unschuld bedrohte. Aber es stellte sich bald heraus, daß dieser bösartige Korsar in Wirklichkeit das war, wofür ich ihn von

Anfang an hielt, nämlich ein harmloser Narr, der, wie die meisten Menschen, sein Glück darin fand, mit einigem Anstand betrogen zu werden und sich selbst etwas Komödie vorzuspielen. Nun, ich glaube, ich habe meine Rolle nicht schlecht gespielt – und Sie hätten erst Frau Cole sehen sollen, als er ihr am nächsten Morgen mit wahrem Männerstolz von seiner heldenhaften Eroberung und seinem völligen Sieg berichtete!

Wie sie ihm mitspielte mit ihren Ausrufen des Zornes, der Scham und des Mitleids mit mir und eines bißchen Freude, daß alles so gut abgelaufen sei! Und das letztere war auch sicher ihr voller Ernst. Jetzt redete sie auch davon, wie sehr ihr daran gelegen gewesen sei, daß diese erste Nacht in ihrem Hause verliefe, da sie befürchtet hatte, ich würde mich weigern, in eines fremden Mannes Zimmer zu gehen; aber nun wolle sie mir schon zureden, daß ich ihm den Gefallen erweise, zu ihm zu kommen, so oft es ihm beliebe, dabei aber den Schein wahre, als arbeitete ich immer noch bei ihr, und dies, um mir meinen guten Namen zu erhalten und damit die Hoffnung, doch noch eines Tages einen rechtschaffenen Mann zu heiraten, auch daß ihr Haus nicht dadurch ins Gerede komme.

Dies alles schien Herrn Norbert auch vollständig einzuleuchten; er merkte natürlich nicht, daß es gerade die Absicht der Cole war, ihn von ihrem Haus fernzuhalten, damit er da nicht auf gewisse Dinge komme. Herr Norbert erhob sich, und nachdem Frau Cole alles mit ihm in Ordnung gebracht, kam sie wieder zu mir und lobte mich sehr für meine Geschicklichkeit. Treu ihrer gewohnten Mäßigkeit und Uneigennützigkeit weigerte sie sich, auch nur den kleinsten Teil von dem verdienten Gelde zu nehmen, und half mir sehr nett in meinen Geldern, die jetzt ein kleines Vermögen ausmachten, das ein Kind sie leicht und sicher hätte verwalten können.

Nun war ich wieder in meinen früheren Stand einer ausgehaltenen Mätresse eingesetzt, besuchte Herrn Norbert pünktlich in seiner Wohnung, so oft er nach mir schickte und wußte es geschickt einzurichten, daß er nie auf die Art meiner Verbindung mit Frau Cole kam. Ganz seiner indolenten Art und seinen Ausschweifungen in der Stadt hingegeben, blieb ihm kaum Zeit, seinen eigenen Angelegenheiten nachzugeben, viel weniger den meinigen.

In dieser Zeit machte ich die Erfahrung, daß keine besser bezahlt und behandelt werden als die

Mätressen jener Männer, die von Ausschweifung oder Alter geschwächt oder von der Natur vernachlässigt worden sind. Sie fühlen, daß eine Frau irgendwie entschädigt werden muß und suchen das durch tausend kleinere Aufmerksamkeiten, Geschenke, Liebkosungen, Vertraulichkeiten zu tun und erschöpfen ihr Gehirn, etwas zu erfinden, das ihre Mängel ersetzen soll. Aber ihr Unglück will, daß sie im Gegenstand ihrer Leidenschaft eine Flamme erweckt haben, die die Frau in die Arme des ersten besten Mannes treibt.

Eines Abends erinnere ich mich noch: Ich kam von ihm, mißgestimmt über das törichte Getändel, und als ich um eine Straßenecke bog, kam mir ein junger Matrose entgegen. Ich war wie immer nett und ganz einfach angezogen, aber es war wohl in meinem Gang etwas, was ihm gefiel. Der Junge schlang ohne weiteres seine Arme um mich und küßte mich derb und süß ab. Ich sah ihn erst mit Wut über seine Plumpheit an, aber bald verwandelte sich diese Empfindung in eine andere, als ich ihn besser anschaute. Er war schlank, von männlichem Ansehen und hatte ein hübsches Gesicht. Ich fragte ihn und beinahe zärtlich, was er wolle, worauf er mit derselben Offenheit und lebhaft antwortete, er möchte mich zu

einem Glas Wein einladen. Ich weiß nicht, wie es kam, sein Aussehen, die Gelegenheit, die Neugierde, alles zusammen und auch ein merkwürdig prickelnder Reiz, bestimmten mich, die Einladung anzunehmen. Ich ließ mich also von dem Burschen mitziehen, der mich ganz vertraulich unter den Arm nahm, als ob wir uns zeitlebens gekannt hätten. Er führte mich in die nächstbeste Schenke, wo man uns in ein kleines Zimmer an der Seite der Einfahrt wies.
Der junge Kerl, der nicht viel Umstände machte und mir in seiner frischen natürlichen Art sehr wohlgefiel, sagte mir mehr zu, als mein kümmerlicher Liebhaber mit allen seinen verschrobenen Einfällen, aber ich begann doch das Gefährliche dieser neuen Bekanntschaft zu fürchten; denn er sprach sehr entschieden davon, daß wir den Abend zusammen verbringen und unser hübsches Verhältnis fortsetzen sollten. Ich verbarg meine Unruhe und willigte scheinbar in alles ein, sagte nur, daß ich vorher noch einen Sprung nach Hause tun wolle, um dort etwas zu besorgen, ich wäre gleich wieder zurück. Das glaubte er ohne weiteres, da er mich ja auch für eine jener armseligen Straßendirnen hielt, die sich dem ersten Besten ergeben, und annahm, daß ich meinen Lohn

wohl nicht im Stiche lassen werde, indem ich nicht mehr zurückkäme. So ging ich und er auch, nachdem er noch ein Abendessen bestellt hatte, dem ich mich ebenfalls grausamerweise entzog.

Zu Hause erzählte ich Frau Cole mein Abenteuer, und sie machte mir lebhafte Vorwürfe darüber wegen der Gefahr, die ich durch solche leichtsinnige Streiche riskierte.

Ich hatte mit Herrn Norbert ein halbes Jahr gelebt und eine recht angenehme Zeit verbracht zwischen meinen Vergnügungen bei Frau Cole und der Aufwartung bei Herrn Norbert. Er bezahlte mich reichlich für die Gefälligkeit, mit der ich auf alle seine Launen einging, und das nahm ihn so sehr für mich ein, daß er einmal und öfter sagte, er fände alles in mir allein, wonach er sonst immer bei einer großen Anzahl von Frauenzimmern gesucht hatte. Er gab seine Unbeständigkeit und die Passion nach immer neuen Gesichtern auf. Aber was mir jetzt ebenso angenehm war wie seine zärtliche Anhänglichkeit, war der Umstand, daß die Liebe, die er für mich empfand, ihm auch Achtung für mich gab, was seiner Gesundheit sehr gut bekam. Nach und nach brachte ich ihn mit ernsten Vorstellungen dazu, etwas mehr haushälterisch mit seinen geringen Kräften umzugehen, damit er sich durch größere Mäßigkeit die Dauer jener Freuden sichere, denen er doch so sehr ergeben sei. Und er war wirklich maßvoller und damit gesünder geworden. Das Schicksal sollte gerade mit seiner Dankbarkeit eine mir höchst angenehme Wendung nehmen, als es sich eines andern besann und mir den süßen Becher wieder von den Lippen zog.

Norbert hatte eine Schwester, Lady L***, der er sehr zugetan war, und die bat ihn, sie ihrer Gesundheit wegen nach Bath zu begleiten. Er rechnete auf höchstens eine Woche und nahm ahnungsvoll schweren Herzens von mir Abschied. Gleichzeitig übergab er mir eine Summe Geldes, die weit über sein Vermögen ging und die mit der kurzen Dauer seiner Abwesenheit gar nicht in Einklang stand. Aber die Abwesenheit wurde zur längsten, die möglich ist; denn als er zwei Tage in Bath war, überließ er sich mit einigen anderen Herren einem exzessiven Trinken, verfiel in ein heftiges Fieber, das ins Delirium überging und ihn in vier Tagen hinraffte. Wäre er zurechnungsfähig gewesen, hätte er mich vielleicht in einem Testament bedacht. So verlor ich diesen meinen Herrn Norbert. Doch, da häufige Veränderungen zum Leben eines Freudenmädchens gehören, gewann ich auch bald wieder meine frühere Heiterkeit. Ich sah mich aufs neue von der Liste der ausgehaltenen Mätressen gestrichen und kehrte wieder in die Gemeinschaft zurück, aus der ich gewissermaßen herausgerissen worden war.

Frau Cole blieb weiter meine Freundin und bot mir von neuem Rat und Beistand an. Ich lebte jetzt in Behaglichkeit und Überfluß, so daß ich mir in der Wahl Zeit nehmen konnte. Inzwischen war für alle meine Wünsche leicht und hinlänglich im Hause der Frau Cole gesorgt. Louisa und Emily trieben ihren Beruf weiter und mein Liebling Harriet kam öfters zu Besuch, Kopf und Herz voll von Glück über ihren Baronet, den sie immer noch treu liebte und der sie und die Ihren sehr gut versorgt hatte.

Bald hatte Frau Cole auch wieder einen neuen, sonderbaren Galan für mich. Dieser war ein ernsthafter, gesetzter, feierlicher und ältlicher Herr, dessen sonderbares Vergnügen darin bestand, schönes Haar zu kämmen; und da ich nach seinem Geschmack wundervolles Haar hatte, so kam er immer zu meinen Toilettestunden, und ich überließ ihm dann, mich nach Belieben zu frisieren. Er unterhielt sich oft eine Stunde und länger damit, mit meinem Haar zu spielen, den

Kamm hindurch zu ziehen, die Locken um seine Finger zu winden, sie mit Küssen glatt zu machen, und damit begnügte er sich vollkommen und erlaubte sich nicht die geringsten Freiheiten mit mir, gerade so, als ob wir desselben Geschlechts wären.

Eine andere Eigentümlichkeit von ihm war, daß er mir ein Dutzend Paar weiße dänische Handschuhe schenkte, sie mir anzog und dann die Fingerspitzen davon abbiß. Für diese Torheiten eines kranken Appetites bezahlte der alte Herr freigebiger als andere für viel wesentlichere Gunstbezeugungen. Dies dauerte eine Weile, bis ihn eines Tages ein heftiger Husten befiel und niederwarf und mich damit von diesem höchst unschuldigen und törichten Tändler befreite, denn ich habe nie wieder von ihm gehört.

Sie können sich denken, daß Nebenwege dieser Art den übrigen Plan meines Lebens in nichts durchkreuzten. Ich lebte in der Tat züchtig und mäßig, nicht so sehr aus Tugend, als weil der Reiz der Neuheit vorüber war; ich war etwas gleichgültig gegen Engagements geworden, in denen Profit und Vergnügen nicht beisammen waren. Außerdem war ich in ganz behaglichen Vermögensverhältnissen und konnte Zeit und Schicksal erwarten. Ich war mit dem bißchen, das ich hatte, zufrieden und ohne Wunsch, es zu vermehren. Dann fand ich auch manche momentanen Opfer diese innere Zufriedenheit wert, die ich in der Achtung gegen mich selbst fühlte. Auch freute mich die gute Erhaltung meiner Gesundheit und mein frischer Teint. Louisa und Emily trieben ihre Mäßigkeit nicht so weit wie ich, aber sie waren doch weit davon entfernt, für jeden feil zu sein, obschon zwei ihrer Abenteuer dem zu widersprechen schienen. Der Sonderbarkeit halber will ich sie Ihnen erzählen und mit Emilys Geschichte anfangen.

Sie und Louisa gingen eines Abends auf einen Ball, die eine als Schäferin, die andere als Schäfer verkleidet. Ich sah sie in der Maskerade, ehe sie fortgingen, und man konnte sich keinen hübscheren Knaben denken als Emily! Eine Zeitlang blieben sie zusammen, bis Louisa eine alte Bekanntschaft traf und Emily sich selbst überließ, im Vertrauen auf den Schutz ihrer Verkleidung, die nicht sehr viel war, und auf Emilys Klugheit, die noch weniger war. Emily schlenderte eine Zeitlang gedankenlos herum, nahm schließlich der Hitze wegen die Maske ab, und stellte sich an die Wand, wo sie von einem Herrn in einem hübschen Domino bemerkt wurde, der sie anredete und mit ihr ins Gespräch kam.

Der galante Domino aber begann nach längerem Plaudern, wobei sie sicher mehr ihr gutes Herz als Verstand zeigte, ihr eine heftige Liebeserklärung zu machen und führte sie zu einer Bank am andern Ende des Saales, zog sie da zu sich nieder, drückte ihr die Hände, zwickte sie in die Wangen und spielte mit ihrem schönen Haar, und all das auf die höflichste Art der Welt, gemischt mit einem sonderbaren Etwas und in einer Weise, die die arme Emily, die nichts ahnte, dem Gefallen an ihrer Verkleidung zuschrieb. Er nahm sie tatsächlich für das, was sie zu sein schien, nämlich für einen Jungen, und sie vergaß ganz ihr Kostüm und nahm nichtsahnend alle seine Aufmerksamkeiten als einem Weibe geltend hin. Die Festfreude und nicht zuletzt der Wein, den er ihr reichlich zu trinken gab, brachten die Situation auf den Höhepunkt. Ihre Einfachheit und natürliche Lebhaftigkeit wirkten auf ihn stärker, als es die gesuchteste Kunst vermocht hätte; er dachte offenbar, er hätte einen Neuling zu finden das Glück gehabt oder einen verständigen Mignon, der auf seine Wünsche einging.

Er führte sie aus dem Hause zu einer Kutsche; er stieg zu ihr ein, und bald fanden sie sich in einem hübschen Zimmer. Als sie nun da allein waren, war, wie Emily erzählte, die Überraschung über die Entdeckung, daß sie ein Weib sei, die Verwirrung und der Ausdruck der Enttäuschung unverkennbar. „Donnerwetter, ein Weib!" rief er aus. Das erst öffnete ihr die Augen, die ihr die Dummheit bis jetzt geschlossen hatte. Er verfiel aus dem früheren Eifer in eine kühle und forcierte Höflichkeit, daß es selbst Emily merken mußte und wünschte, sie hätte mehr auf die Warnungen der Frau Cole vor Fremden gehört. Und auf das erst übertriebene Vertrauen folgte eine ebensolche Angst, und sie dachte sich so sehr seiner Gnade ausgeliefert, daß sie heilfroh war, als man das Zimmer und Haus verließ; er begleitete sie durch ein paar Straßen und half ihr in einen Wagen, der Emily heimbrachte. Das Geschenk, das er ihr gab, war nicht unter ihren Erwartungen geblieben.

Nicht ohne die noch sichtbaren Zeichen ihrer Angst und Konfusion erzählte sie uns, mir und der Cole, am Morgen ihr Abenteuer. Mrs. Cole bemerkte, ihr Leichtsinn sei so groß, daß alle guten Lehren und Ermahnungen nichts fruchteten, und ich bemerkte, daß ich den absurden Geschmack solcher Männer nicht verstünde, und dachte dabei an eine merkwürdige Beobachtung, die ich kurz zuvor gemacht hatte.

Ich hatte Harriet besuchen wollen, die in Hampton-Court wohnte, und mietete einen Wagen. Mrs. Cole hatte mir versprochen, mich zu begleiten, es kam aber etwas dazwischen, und ich mußte allein fahren. Bevor ich wegmüde geworden war, brach eine Wagenachse. Es passierte nichts weiter, ich kam unverletzt davon und begab mich in ein ganz hübsch aussehendes Einkehrhaus an der Straße. Man erwartete Komödianten. In ein paar Stunden sollten sie kommen; das wollte ich mir nicht entgehen lassen und ließ mir ein nettes Zimmer im ersten Stock geben, wo ich die Zeit über warten wollte.

Da war ich nun und amüsierte mich damit, zum Fenster hinauszuschauen, als ein einspänniger Wagen unten hielt, dem zwei junge Herren entstiegen – sie sahen wenigstens so aus – und ins Haus traten, wie um nur eine Erfrischung zu nehmen, denn sie ließen nicht ausspannen. Da hörte ich auch schon die Tür im Zimmer nebenan gehen; es waren die beiden Herren, die, nachdem sie bekommen, was sie bestellt hatten, die Tür von innen verriegelten, was ich deutlich hörte.

Neugierde – keine plötzliche: ich kann mich nicht erinnern, wann ich nicht neugierig war – Neugierde trieb mich, ob ich nicht herauskriegen könnte, was das für Leute wären. Die Wand, die mein Zimmer von dem ihren trennte, war nur so eine Brettersache zum Wegnehmen, wenn man aus beiden Räumen einen machen wollte. Ich schaute und schaute an der Wand herum – nichts. Da entdeckte ich fast unter der Decke ein kleines Stück Papier aufgeklebt, wie über ein Loch. Ich mußte einen Tisch hinstellen, so hoch war's. Ganz leise stieg ich hinauf, stach mit einer Nadel ein Loch in das Papier und legte mein Auge daran: das ganze Zimmer konnte ich übersehen und die beiden jungen Kerle: die rannten herum – zum unschuldigen Spaß wie ich mir dachte.

Der ältere mochte so neunzehn sein, ein hübscher großer Mensch in einem weißen Rock, grünem Samtmäntelchen und mit einer Stutzperücke.

Der jüngere war kaum siebenzehn, ein Landjunker wie der andere, der Kleidung nach zu schließen: grüner Plüschrock, ebensolche Hosen, weiße Weste und Strümpfe, eine Jockeimütze und blonde natürliche Locken.

Nun sah der Ältere aufmerksam an den Wänden herum und hinauf, wohl zu eilig, denn er sah das Löchelchen nicht, durch das ich schaute; aber ich springe in Eile von meinem Tisch und auf einen verfluchten Nagel, der irgendwo auf dem Fußboden vorstand. Ich fiel besinnungslos hin und lag eine Weile, bevor jemand zu meiner Hilfe kam. Währenddem entwischten die Jungen, alarmiert von dem Lärm, den mein Sturz machte, und mit größter Eile, wie mir die Hausleute sagten: Sie hatten also gewiß kein gutes Gewissen.

Als ich, wieder daheim, der Mrs. Cole mein Abenteuer berichtete, bemerkte sie sehr gefühlvoll, daß „diese beiden schlechten Kerle schon früher oder später die gerechte Rache treffen werde, wenn sie ihr auch für den Augenblick entgangen seien."

Von einem bösen Streich Louisas muß ich noch erzählen, da ich etwas daran beteiligt bin und ihn zu erzählen versprochen habe. Eins der tausend Beispiele mehr dafür, daß Frauen, die den Kompaß verloren haben, ohne Weg und Ziel treiben.

Eines Morgens waren Mrs. Cole und Emily ausgegangen und uns, Louisa und mir, war, abgesehen vom Hausmädchen, das Haus überlassen worden. Während wir so zum Zeitvertreib durch die Ladenfenster schauen, kommt ein Bursche, der Sohn eines armen Weibes aus der Nachbarschaft, und bietet uns Blumensträuße zum Kauf an, die er in einem Korb ausgelegt hat; davon lebten er und seine Mutter. Zu irgend anderer Arbeit war er nicht zu brauchen, denn er war nicht nur ein vollkommener Idiot, sondern stotterte noch dazu so, daß er nicht imstande war, das halbe Dutzend tierischer Gedanken, das er hatte, verständlich zu machen.

Die Buben und Mädel aus der Nachbarschaft hatten ihm den Namen „der ehrliche Dick" gegeben, weil der harmlose Idiot alles aufs erste Wort tat, was man von ihm verlangte.

Er war übrigens vollkommen ausgewachsen, hatte gerade Glieder, war groß für sein Alter, stark wie ein Pferd und von ganz angenehmen Gesichtszügen; er hatte nichts Übles an sich, wenn man von einem ungewaschenen Gesicht und seinem ungekämmten und struppigen Haare absah, und sich aus seiner zerlumpten durchlöcherten Kleidung nichts machte.

Diesen Burschen hatten wir schon oft gesehen und ihm auch Blumen abgekauft, wobei es geblieben war. An diesem Tage nun fiel es Louisa plötzlich ein, ihn hereinzurufen, ohne mich erst zu fragen; sie fing damit an, seine Blumensträuße zu untersuchen und nahm zwei, einen für mich und einen für sich, dann zog sie eine halbe Krone heraus und bat ihn, sie ihr zu wechseln, als ob er imstande gewesen wäre zu wechseln! Mit Zeichen und Kopfschütteln gab er zu verstehen, daß er nicht könne.

Louisa sagte: „Macht nichts, mein Junge, komm mit herauf, und ich gebe dir, was du zu bekommen hast!" Auf ihren Wunsch folgte ich ihr; wir verschlossen erst Türe und Laden und gaben dem Hausmädchen die Anweisung aufzupassen.

Louisa wollte sehen, wie der Tölpel sich als Liebhaber benehmen würde. Dafür bat sie mich um meinen Beistand. Mangel an Gefälligkeit war nie meine Untugend und ich war weit entfernt, mich dieser extravaganten Laune zu widersetzen, da sie mich selbst schon gepackt hatte.

Sobald wir in Louisas Zimmer waren und während sie sich mit den Blumen beschäftigte, fing ich mit ihm zu scherzen an. Ich machte mit dem Naturkind nicht viel Umstände, aber er nahm meine kleinen Avancen sehr erschrocken und linkisch auf, ja, er retirierte sogar. Ich machte ihm mit meinen Augen Mut, zog ihn scherzend am Haar, kniff ihn in die Backen, was alles ihn bald vertraulicher machte. Er begann sich zu fühlen, grinste und lachte, und seine Augen begannen zu glänzen, seine Wangen rot zu werden, aber er wußte nicht, wohin schauen und was tun, und so stand er untätig und geduldig mit offenem Munde da und ließ seinen Korb fallen.

Ich hatte nicht die Absicht, den Spaß weiter zu treiben. Aber sein Gesicht, das vorher ohne jeden Ausdruck war, belebte sich auf einmal, und er war jetzt nicht mehr der Narr, mit dem man einen Spaß trieb. Ich begann ordentlich Respekt vor ihm zu kriegen, als er so die Augen rollte und mit den Zähnen knirschte wie ein wildes Tier, das zum Zorn gereizt ist.

Ich holte also schleunigst den verlorenen Korb wieder aus der Ecke hervor, und Louisa erfreute den Burschen damit, ihm alle seine Blumen abzukaufen, statt jeden Geschenkes, was nur recht und billig war, denn jedes andere Geschenk hätte andere auf die Spur gebracht. Sie hatte ihre Neugierde hinlänglich befriedigt.

Der Bursche behielt wohl nur eine sehr verworrene Erinnerung an den Vorfall, was sich anfangs durch Grinsen und Lächeln verriet; später vergaß er auch das, wahrscheinlich bei einem anderen Frauenzimmer, das sich seiner angenommen haben mochte.

Louisa war nach dieser Geschichte nicht mehr lange bei Frau Cole, der wir diese unsere Heldentat erst viel später erzählten; sie verschwand getreu ihrem Charakter mit einem jungen Mann ihrer Liebe und sagte es uns erst sechs Stunden zuvor, packte all ihre Sachen und ging mit ihm auf und davon; seit der Zeit habe ich nichts mehr von ihr gehört.

Eines Tages wurden Emily und ich von zwei Herren aus der Bekanntschaft der Frau Cole eingeladen, eine kleine Landpartie nach einem Hause an der Themse, auf der Surreyseite, mitzumachen. Die beiden Herren gehörten nicht zu unserer Akademie, waren aber besondere Lieblinge der Cole.

Alles wurde abgemacht, und an einem schönen warmen Junitag zogen wir nach dem Mittagessen aus und kamen ungefähr gegen vier Uhr an den Ort unserer Zusammenkunft. Wir stiegen bei einem schönen Pavillon ans Land, wo die Herren uns schon erwarteten und mit uns den Tee tranken. Wir waren alle sehr lustig und ausgelassen über das schöne Wetter, die hübsche Aussicht und die galante Höflichkeit unserer Gastgeber.

Nach dem Tee spazierten wir im Garten, als mein Begleiter, der Besitzer des Hauses, den Vorschlag machte, wir möchten doch im Freien mit ihnen baden, wozu passende Gelegenheit in einer bequemen Bucht war, die eine gute Verbindung mit dem Pavillon hatte.

Emily schlug nie etwas ab; ich habe stets einen großen Spaß am Baden im Freien gefunden, und hatte auch nichts weder gegen die Person, die diesen Vorschlag machte, noch gegen die natürlichen Freuden, die er versprach, und in denen wir der guten Erziehung der Cole alle Ehre machen wollten. Wir kehrten also ohne Zeit zu verlieren in den Pavillon zurück, öffneten die Türe nach dem Zelte, das davor aufgeschlagen war und das mit seiner Markise einen angenehmen Schutz gegen Sonne und Wind bot und zugleich so gut gegen fremde Blicke abgeschlossen war, als man nur wünschen konnte.

Es reichte fast bis ans Wasser hin. Bänke standen in der Runde, auf die wir unsere Kleider legten. Ein Tischchen war mit Konfekt beladen, Geleen und anderen guten Sachen, Weinen und Likören gegen zu große Abkühlung im Wasser. Mein Galan hätte auf der Stelle Festordner bei einem römischen Kaiser werden können, so vortrefflich war für alle Forderungen der Bequemlichkeit gesorgt. Sobald wir uns das alles genügend angesehen hatten, hieß es: sich ausziehen – und das war bald getan.

Wir wateten Hand in Hand ins Wasser, bis zum Halse hinauf, was mir eine angenehme Erfrischung von der Schwüle des Tages war und mich gleichzeitig lebendiger und glücklicher machte.

Emily ließen wir unbekümmert mit ihrem Geliebten am Ufer zurück und planschten und freuten uns. Der meine überschüttete mich mit Wasser, tauchte mich unter und reizte mich, es ihm zu vergelten. So überließen wir uns der ausgelassensten Fröhlichkeit, tummelten uns hüllenlos nach Herzenslust in der kühlen Flut, streckten uns in wohliger Ermattung zwischendurch am grünen Ufer aus und erquickten uns an Speise und Trank, bis uns die Lust am frohen Spiel unserer Glieder wieder ins Wasser trieb.

Das war ein Tag voll wahrhaft paradiesischer Freiheit, ohne allen Zwang und alle Heimlichkeit, wie es das Leben unter Menschen in der Stadt mit sich bringt. Ich kam mir in der herrlichen Natur vor, wie zu meinem Ursprung zurückgekehrt – aber ich war nicht mehr das blöde und blinde Bauernmädchen: Die Liebe hatte mir die Augen geöffnet für die Schönheiten dieser Erde – sie war meine große Lehrmeisterin, der ich Dankbarkeit und Ergebenheit schuldete. Wie sie einst meinen Leib gebildet hatte, so hatte sie jetzt mein Herz, meinen Geist, meine Augen erst wahrhaft gebildet, sie für die höchsten Freuden und die feinsten Genüsse des Lebens reif und empfänglich gemacht. Wie bewunderte ich die prachtvollen braunen Glieder unserer männlichen Gefährten, den zarten, weißen Leib Emilys, der sich sanft ins Grün der Böschung schmiegte oder sich dem schmeichelnden Spiel der Wellen überließ. Ich reckte und streckte meinen Leib im warmen Sonnenschein, im leisen Fächeln des Windes, warf die Arme in die Luft und stieß einen jubelnden Schrei aus: Wie schön ist das Leben, wie gütig die Natur, die uns soviel Freuden zu spenden vermag!

Sanft umschlang mich der starke Arm meines Freundes, tief tauchte sein Auge in meines, und heiß brannte der Kuß der Liebe auf meinen Lippen, die sich ihm sehnsüchtig entgegenwölbten.

So vergingen die seligen Stunden bis spät in die Nacht hinein, als uns die beiden Herren wieder wohlbehalten an Frau Cole ablieferten.

Dies war übrigens auch Emilys letztes Abenteuer; denn kaum eine Woche später wurde sie – durch einen simplen Zufall – von ihren Eltern aufgefunden, die in guten Verhältnissen lebten und die sich nach dem plötzlichen Tode des Sohnes, durch dessen Schuld Emily aus dem Hause durchgebrannt war, nach ihrer Tochter sehnten und ihr nachforschten, bis sie sie aufgefunden hatten, worüber sie so froh zu sein schienen, daß sie alles, was ihnen die ehrenwerte Frau Cole über ihre Emily vormachte, glaubten. Und bald darauf schickten sie ihr vom Lande aus eine ansehnliche Summe als Erkenntlichkeit für die Sorgfalt, mit der sie sich Emilys angenommen hatte.

Es war nicht so leicht, unserer Gesellschaft den Verlust eines so süßen Mitgliedes zu ersetzen. Abgesehen von ihrer Schönheit war Emily von so sanftem, nachgiebigem Wesen, daß, wenn man es auch nicht sehr hoch schätzen, so doch sicher lieben mußte, was kein schlechter Ersatz ist. Ihre Schwäche waren ihre Gutherzigkeit und ihr träger Leichtsinn; aber sie hatte doch Verstand genug, zu wissen, daß sie einer Leitung bedurfte, und so war sie jedem dankbar, der sich die Mühe nahm, für sie zu denken und sie zu führen; mit sehr wenig Nachsicht hätte sie eine sehr gute, ja sogar sehr tugendhafte Ehefrau gegeben. Denn das Laster war ja weder ihre Wahl noch ihre Bestimmung gewesen, es war nur Gelegenheit und Beispiel; sie war zu schwach, und so gab sie den

Umständen nach. Ihr weiterer Lebenslauf beweist das; denn als sie bald nachher eine Partie fand, einen jungen, tüchtigen Menschen aus ihrem Stande, der sie als Witwe eines auf der See Umgekommenen heiratete – tatsächlich war dies auch das Schicksal eines ihrer Geliebten gewesen, dessen Namen sie angenommen hatte –, so fand sie sich ganz natürlich in alle Pflichten der Häuslichkeit und mit so viel Ordnung, Liebe und Ausdauer, als ob sie nie vom Wege unschuldiger Tugend abgewichen wäre.

All diese Desertionen hatten Frau Coles Häuflein so klein gemacht, daß ich ihr jetzt als das einzige Küchlein übriggeblieben war. Man bat sie und ermunterte sie, ihr Corps wieder zu rekrutieren, aber eine zunehmende Schwäche und die Gicht verleideten es ihr, so daß sie beschloß, ihr Gewerbe ganz aufzugeben und sich mit ihrem ganz anständigen Vermögen aufs Land zurückzuziehen. Ich versprach ihr, dahin nachzukommen, sobald ich noch etwas mehr vom Leben gesehen hätte und mein kleines Vermögen sich soweit vermehrt haben würde, um unabhängig leben zu können; denn ich war, dank Frau Coles guter Erziehung, darauf gekommen, diesen sehr wesentlichen Punkt im Auge zu behalten.

So mußte ich also meine treue Führerin verlieren, wie die Philosophen der Stadt die weiße Krähe ihres Gewerbes. Sie hatte wirklich nie ihre Kunden überfordert und stets deren Geschmack sorgfältig studiert; sie hatte nie von ihren Zöglingen Unmögliches verlangt, noch nahm sie ihnen was von ihrem, wie sie sagte, harten Verdienst. Sie war eine strenge Feindin der Verführung einer Unschuld und gründete ihren Erwerb nur auf unglückliche Mädchen, die, schon einmal verloren, desto würdiger des Mitleids sind. Unter diesen suchte sie sich allerdings diejenigen aus, die ihren Absichten am besten entsprachen, und rettete sie, indem sie sie zu sich nahm, vor der Gefahr des öffentlichen Untergangs, Elends und Verderbens. Nachdem sie alle ihre Angelegenheiten geordnet hatte, trat sie ihre Reise an; sie nahm zärtlichen Abschied von mir und gab mir noch viele vortreffliche Ratschläge; ich war so gerührt, daß ich mir heimlich Vorwürfe machte, sie nicht zu begleiten; aber das Schicksal hatte es anders mit mir beschlossen.

Ich hatte nach der Trennung ein angenehmes, bequemes Haus in Marylebone bezogen, das leicht zu vermieten war und das ich sauber und bescheiden einrichtete. Ich hatte mir durch Frau Cole achthundert Pfund erspart, abgesehen von

Juwelen, Kleidern und einigem Silbergeschirr, so daß ich für einige Zeit versorgt war und geduldig erwarten konnte, was mir das Geschick bringen sollte.

Ich gab mich für eine junge Frau von Stand aus, deren Mann auf See war, und verschaffte mir auf diese Weise volle Freiheit und Achtung und konnte meine Absichten ungestört verfolgen.

Ich war in meiner neuen Wohnung kaum recht warm, als ich eines Morgens auf einem Spaziergange ins Freie, auf dem mich mein Mädchen begleitete, vom Geräusch eines heftigen Hustens aus den Bäumen aufgeschreckt wurde. Der Huster war ein ältlicher, gutgekleideter Herr, der einen heftigen Anfall hatte und sich dabei unter einen Baum setzen mußte, und schien fast zu ersticken, denn er war schon ganz blau im Gesichte; ich war davon ganz gerührt, sprang mitleidig zu ihm hin und band ihm, um ihm zu helfen, seine Halsbinde auf und klopfte ihm auf den Rücken. Ob ihm dies geholfen hat oder ob der Anfall überhaupt vorüber war, weiß ich nicht; aber jedenfalls konnte er jetzt wieder sprechen, stand auf und dankte mir mit Worten, als wenn ich ihm das Leben gerettet hätte. Damit kamen wir ins Gespräch, er sagte mir, wo er wohne, was sehr weit von dem

Orte entfernt war, wo wir standen und wohin er sich verirrt hatte, als er wie ich einen Morgenspaziergang machen wollte.

Wie ich im näheren Verkehr bald erfuhr, war er ein alter Junggeselle, der nahe an die sechzig Jahre zählte, aber noch so gut erhalten war, daß man ihn zwischen Vierzig und Fünfzig halten konnte. Durch Ausschweifung hatte er allem Anschein nach seiner Gesundheit keinen Schaden getan. Seine Eltern waren ehrliche Leute gewesen, hatten aber seinerzeit ihr ganzes Vermögen verloren, weshalb er wie ein Waisenkind von der Gemeinde erzogen worden war. Mit Ehrlichkeit und Fleiß fand er den Weg in das Kontor eines Kaufmannes, der ihn etwas später in sein Haus nach Cadix schickte, wo er sich durch Tatkraft und Begabung nicht nur Geld, sondern ein immenses Vermögen erwarb, mit dem er in sein Vaterland zurückkehrte, wo er aber keinen einzigen Verwandten mehr auftreiben konnte. Er fand so Geschmack an der Einsamkeit und genoß sein Leben, bequem und reichlich, doch ohne äußeren Prunk. Ich muß diese neue merkwürdige Bekanntschaft des Zusammenhanges meiner Geschichte wegen erwähnen, anders könnten Sie sich mit Recht wundern, wie ein Frauenzimmer von meinem Temperamente und meinem heißen Blute und meiner Lust am Leben einen Liebhaber von sechzig Jahren für einen besonderen Fang halten kann. Aber das Alter hatte ihm nicht die Fähigkeit zu gefallen genommen, und den zauberhaften Reiz der Jugend ersetzte er durch angenehme Manieren, durch Erfahrung und eine große Geschicklichkeit, zum Herzen durch verständiges Sprechen zu kommen. Von ihm lernte ich zuerst und zu meiner großen Freude, daß etwas in mir war, das Achtung verdiente, und von ihm Anweisung, dieses Etwas zu kultivieren; er war der erste, der mich lehrte, daß die geistigen Vergnügen über den körperlichen stünden und daß die größte Lust in der Abwechslung und dem Übergang von einem zum andern liege; daß die Vervollkommnung des Geschmacks an der Liebe dadurch eine Höhe erreiche, zu der die Sinne allein nie gelangen.

Er war vernünftig und viel zu klug, sich menschlicher Leidenschaften zu schämen. Er liebte mich aber auch mit dem Herzen, und hatte nichts von jener Verdrießlichkeit und dem Eigensinn, die dem Alter eigen sind; auch war es nicht dieses kindische, einfältige Verliebtsein des alten Mannes, das er lächerlich fand. Kurz, alles was das Alter so unliebenswürdig macht, war bei ihm von so vielen Vorteilen ersetzt, daß er mir zum Beweis dafür wurde, daß auch das Alter gefallen kann, wenn es danach geführt wird und nicht vergißt, daß es mehr Mühe und Aufmerksamkeit als die Jugend verlangt, gleich Früchten, die außerhalb der Jahreszeit gezogen werden.

Mit diesem Manne, der mich bald nach unserer Bekanntschaft in sein Haus nahm, lebte ich volle acht Monate lang. In dieser Zeit bemühte ich mich, sein Zutrauen und seine Liebe zu verdienen und gewann so sehr die Achtung, daß er mir erst eine schöne Rente auswarf und mich schließlich in seinem Testament als einzige Erbin einsetzte. Diese Bestimmung überlebte er nur noch zwei Monate: eine heftige Erkältung gab ihm den Tod, als er eines Nachts, durch Feueralärm aufgeschreckt, bei kaltem Wetter mit offener Brust sich zum Fenster hinaus gelehnt hatte.

Ich erfüllte die letzten Pflichten an meinem Wohltäter und betrauerte ihn aufrichtig, welche Trauer nach einiger Zeit zu inniger Dankbarkeit und zärtlicher Erinnerung an ihn wurde, da ich jetzt wirklich in Überfluß und vollkommener Unabhängigkeit leben konnte.

Ich sah mich nun in voller Blüte und dem Stolz meiner Jugend – ich war noch nicht ganz neunzehn – wieder allein und im Besitz eines Vermögens, so groß, daß es unverschämt gewesen wäre, noch mehr haben zu wollen; und daß diese meine angenehme Situation mir nicht den Kopf verdrehte, das verdanke ich nur meinem Wohltäter, der sich so viel Mühe mit mir gegeben hatte, aus mir etwas zu machen und mich in der klugen Verwaltung eines Vermögens unterrichtet hatte.

Aber wie erbärmlich ist der Genuß des angenehmsten Lebens, wenn die Sehnsucht nach einem Abwesenden alles vergiftet! Ich hatte immer noch nicht meinen Charlie vergessen können.

Ich hatte ihn ja völlig aus den Augen verloren, da ich seit unserer Trennung nie mehr etwas von ihm gehört hatte, was, wie ich später erfuhr, nicht aus Nachlässigkeit geschah. Er hatte mir verschiedentlich geschrieben, aber alle Briefe verfehlten mich. Aufgegeben, ja, aber vergessen hatte ich ihn nie können, denn alle meine Treulosigkeiten hatten keinen Eindruck in meinem Herzen hinterlassen, das keiner andern Liebe zugänglich war.

Seit ich Besitzerin dieses unverhofften Vermögens war, fühlte ich mehr als je, wie teuer er mir gewesen war, an der Unzulänglichkeit dieses meines Glücks und der Sehnsucht, solange er es nicht mit mir teilte. Ich begann nun von neuem meine Bemühungen, Nachrichten über ihn zu bekommen, und erfuhr endlich, daß sein Vater vor einiger Zeit gestorben war und daß Charlie seinen Bestimmungsort in der Südsee erreicht hatte. Hier fand er seines Onkels Vermögen durch den Verlust zweier großer Schiffe bedeutend zusammengeschmolzen und war darauf mit einem kleinen Reste wieder abgereist; und nun sollte er in wenigen Monaten wieder in England sein, nach einer Abwesenheit von zwei Jahren und sieben Monaten.

Sie können sich kaum eine Vorstellung davon machen, wie mich diese Hoffnung ergriff. Um mir die Zeit des Wartens zu kürzen, unternahm ich eine Reise – im Wagen und wie es sich für mich ziemte – nach Lancashire, wo ich meinen Geburtsort aufsuchen wollte, nach dem ich immer noch Heimweh hatte. Ich brauchte mich ja nicht zu fürchten, dahin zu gehen, da ich so wohl ausgerüstet war; auch hatte Esther Davids merkwürdige Gerüchte über mich ausgesprengt, nach denen ich nach den Plantagen geflohen wäre, – eine andere Erklärung konnte sie für mein damaliges plötzliches Verschwinden nicht geben. Auch wollte ich mich nach meinen Verwandten umsehen und deren geheimnisvolle Wohltäterin werden; es waren nur wenige mehr am Leben. Daß auch Frau Coles Aufenthaltsort auf diesem Wege lag, war ein Grund mehr, mir das Vergnügen dieser Reise zu leisten.

Außer meinen Bedienten hatte ich niemand sonst mitgenommen, als eine ehrbare, anständige Frau, die als meine Gesellschafterin gelten sollte. Kaum waren wir bei einem Wirtshause, etwa zwanzig Meilen von London, angekommen und wollten da essen und übernachten, als ein heftiger Sturm und Regen losging, so daß wir froh waren, unter Dach zu sein.

Dies dauerte etwa eine halbe Stunde, als mir einfiel, daß ich dem Kutscher noch einige Anweisungen zu geben hatte; ich ging selbst nach ihm, da ich nicht wollte, daß er in mein sehr sauberes Zimmer, in dem schon gedeckt war, hereinkäme, und fand ihn in der Küche, wo ich gleichzeitig zwei Reiter bemerkte, die der Sturm ebenfalls hereingetrieben hatte und die ganz durchnäßt waren. Der eine der beiden fragte gerade, ob sie wohl trockene Kleider bekommen könnten, während die ihrigen trockneten. Wer kann sagen, was ich beim Tone dieser Stimme fühlte, die immer in meinem Herzen war! Und als ich mich umsah, fand ich meine Entdeckung bestätigt, trotz der langen Trennung und trotz der Kleidung, einem großen Reitermantel mit aufgerichteter Kapuze, die das Gesicht fast verdeckte. Ich vergaß alle Besonnenheit und jede Vorsicht, stürzte mich in seine Arme und rief: „Mein Leben, mein Herz, mein Charlie!" und verlor das Bewußtsein.

Nachdem ich wieder zu mir gekommen war, fand ich mich in meinem Zimmer, in den Armen meines Geliebten, von einer Menge Leute umgeben, die der Vorfall herbeigelockt hatte. Auf ein Zeichen der verständigen Wirtin entfernten sich alle, und wir blieben mit unserer Freude allein, die mich fast das Leben kostete.

Das erste, was ich sah, war Charlie, der vor mir auf den Knien lag; er hielt mich fest bei der Hand und strahlte. Kaum war ich wieder bei Besinnung, als er, ungeduldig meine Stimme zu hören, sich versichern wollte, ob ich es auch wirklich wäre.

Aber in der Freude konnte er nur stammelnde Worte herausbringen, Worte, denen meine Ohren gierig lauschten: „Teuerste Fanny ... nach so langer Zeit ... ist es denn möglich ... bist du es wirklich? ..." Er erstickte mich fast unter seinen Küssen, die mir jede Antwort unmöglich machten. Ich fürchtete bei all dem Gedränge von Gedanken – und was für seligen! –, das Glück wäre zu groß, um wahr zu sein. Ich zitterte vor Angst, es könnte nur ein Traum sein und ich würde aufwachen, mit der Enttäuschung, es sei keine Wirklichkeit. Ich hing mich fest an ihn, zog ihn zu mir, als wenn ich den Traum hindern wollte, wegzugehen: „Wo bist du gewesen? ... Wie konntest du ... Wie konntest du mich verlassen? ... Sag, daß du noch der meine bist ... daß du mich noch liebst ... und ... und ... ich verzeih dir ... verzeih mir ..." und meine Lippen sanken auf die seinigen.

So stürmten Reden und Antworten aneinander vorbei, ordnungslos, und nur unsere Liebkosungen trafen sich. Sonst ging alles durcheinander, unsere Herzen tauschten wir durch die Augen und bestätigten uns unsere erneute Liebe, die keine Zeit, keine Trennung vermindert hatte. Unsere Hände schlossen sich und sprachen, daß es bis ins Herz drang.

In all dieser Zeit hatte ich gar nicht darauf geachtet, daß mein Teuerster ganz durchnäßt war und in Gefahr, sich zu erkälten.

Die Wirtin unterbrach uns zu rechter Zeit damit, daß sie ein anständiges leinenes Hemd und Kleider hereinbrachte, die ich ihn, durch die Gegenwart einer dritten Person ruhiger, anzuziehen nötigte, da mir für seine Gesundheit bange war.

Nachdem die Wirtin wieder draußen war, begann er sich umzukleiden, und tat dies mit der Dezenz, die sich für das Wiedersehen schickte.

Die geliehenen Kleider paßten ihm gar nicht, auch entsprach er darin nicht ganz dem Bild meiner Leidenschaft, aber als er sie anhatte, fand der Zauber der Liebe, daß sie ihm außerordentlich gut ständen. Ich merkte auch bei näherer Betrachtung, welche vorteilhafte Veränderung seine Person in meiner Abwesenheit durchgemacht hat.

Es waren immer noch die schönen Linien, dasselbe lebhafte Rot, dasselbe blühende Gesicht, aber die Rosen waren aufgebrochen; die Reise hatte ihn gebräunt, ein Bart gab ihm mehr Männlichkeit und Reife, ohne seinen Mienen etwas von ihrer Sanftmut und Weichheit zu nehmen. Seine Schultern waren breiter geworden, seine Figur stärker und voller, kurz, er schien mir größer geworden, vollendeter und erfahrener als mit seinen zweiundzwanzig Jahren.

Ich vernahm nun, daß er in der Tat auf dem Wege nach London begriffen war, nachdem er an der irländischen Küste Schiffbruch gelitten und alles aus der Südsee Mitgebrachte verloren hatte. Nach vielen Unfällen und Widerwärtigkeiten war er endlich mit seinem Reisegefährten, dem

Kapitän, bis hierher gekommen, wo ihn die Nachricht vom Tode seines Vaters getroffen hätte, so daß er jetzt genötigt wäre, seinen Weg in der Welt von neuem zu suchen – eine Lage, die ihm keinen anderen Kummer verursachte als den, mich nicht so glücklich machen zu können, als er es sich wünschte. Ich hatte ihm über meine guten Verhältnisse noch kein Wort gesagt, weil ich ihn damit überraschen wollte. Meine Kleidung verriet ja nichts, da sie sehr einfach war, wie ich es immer gehalten hatte. Er drang zärtlich in mich, ich sollte ihm über mein vergangenes und gegenwärtiges Leben berichten, von der Stunde an, da ich von ihm gerissen wurde, doch vorläufig brachte ich ihn noch kunstvoll von seinen Fragen und meinen Antworten ab, die ihn nicht befriedigten; aber ich hätte damit meine bestimmten Absichten, sagte ich ihm, und er müsse sich gedulden.

Ich konnte mein großes Glück immer noch nicht begreifen, daß Charlie in meine Arme zurückgekehrt war – aber er war unglücklich! Der Umstand, daß er jetzt auf seinen persönlichen Verdienst angewiesen war, übertraf die kühnsten Wünsche, die ich für ihn hatte, und deshalb schien ich bei seiner Erzählung von dem verlorenen Glück so sichtlich und übermäßig vergnügt, daß er es sich nicht anders erklären konnte, als aus meiner Freude ihn wiederzusehen, da alles andere gleichgültig war.

Inzwischen hatte die Frau Charlies Reisegefährten versorgt, der nun eintrat; ich empfing ihn, wie es sich gegen Charlies Freunde schickte.

Wir drei aßen zusammen, selig, glücklich, wie Sie sich denken können. Die Erschütterung hatte mir jeden Appetit genommen, aber ich aß, um den andern ein gutes Beispiel zu geben, die nach dem starken Ritte Hunger haben mußten; mein Charlie aber sah mich immer nur an und sprach wie ein Geliebter zu mir.

Nachdem der Tisch abgeräumt, wies man Charlie und mich, wie Mann und Weib, in ein hübsches Zimmer mit einem Bett, dem schönsten, das im Hause war.

Und, Schamhaftigkeit, vergib mir, wenn ich noch einmal deine Gesetze beleidige und deine Schleier wegziehe, zum letztenmal, um Ihnen, wie ich es versprochen habe, noch das Letzte, Schönste meines jungen Leichtsinns zu erzählen.

Sobald wir in dem Zimmer allein waren, bewegte mich die aufsteigende Erinnerung an unsere ersten Freuden; und der Gedanke, daß ich durch den teuren Besitzer meiner ersten Liebe ihrer wieder teilhaftig werden sollte, übermannte mich, daß ich mich an ihn anlehnen mußte, um nicht hinzusinken. Charlie sah meine Erregung und verbarg die seine, die nicht geringer war.

Doch nun hatte mich die wahre Leidenschaft wieder ganz. Ein süßes Empfinden, zärtliche Furcht und Zurückhaltung, all das hielt meine Seele unter Bann, und war mir teurer als alle Herzensfreiheit, deren Herrin ich so lange, zu lange! gewesen war, in all der Zeit der groben Galanterie. Keine wirkliche Jungfrau kann mehr über ihre unbefleckte Tugend erröten, als ich es jetzt tat, in dem Gefühl meiner Schuld; ich liebte Charlie zu stark, als daß ich nicht fühlte, ich verdiente ihn nicht mehr.

Da ich immer noch unschlüssig dastand in der süßen Verwirrung meiner Gefühle, nahm sich Charlie mit zärtlicher Ungeduld die Mühe, mich zu entkleiden; unter allem, was ich mich erinnern kann, waren seine Ausrufe der Freude und Bewunderung, als er mich ebenso schön in jugendlicher Frische wiederfand, wie damals.

Die Nacht verging wie ein wahres Fest der Liebe. Spät erst standen wir auf, frisch und munter, obwohl keines von uns geschlafen hatte. Aber die Liebe war uns gewesen, was die Siegesfreude für eine Armee ist: Ruhe, Erholung, alles. Von meiner Reise war natürlich nicht mehr die Rede; ich gab Befehle, wieder nach London zurückzufahren, und wir verließen das Wirtshaus gleich nach dem Frühstück, nachdem ich alle freigebig beschenkt hatte, aus Dankbarkeit über mein Glück, das ich hier gefunden hatte.

Charlie und ich fuhren in einem Wagen, der Kapitän und meine Gesellschafterin in einem anderen, um unser Tête-à-tête nicht zu stören.

Hier auf der Fahrt hatte ich, nachdem der erste Aufruhr meiner Sinne leidlich gestillt war, Herrschaft genug über mich, ihm die Geschichte meines Lebens seit der Trennung zu erzählen, eine Geschichte, die ihn weniger befremdete, als ich glaubte, und auf die er auch in Rücksicht auf die schrecklichen Umstände, unter denen er mich zurückgelassen hatte, nicht unvorbereitet sein konnte.

Nun erzählte ich ihm auch von meinen Vermögensverhältnissen und bat ihn, daß er das Geld nähme, wie wir doch miteinander stünden. Wenn ich Ihnen von der Delikatesse erzählte, mit der er das rundweg ausschlug, würden Sie vielleicht meinen, daß meine Leidenschaft da übertreibe, und doch tut sie es nicht. Er wollte nichts davon wissen, daß ich ihm mein Vermögen schenke und meinen Vorhalt, daß er doch seine Ehre nicht so beflecken könne, die zu seiner Frau zu machen, die er bislang zu seiner Mätresse gehabt habe, diesen ernsthaften Vorhalt, den ich ihm machte, besiegte seine Liebe, die mächtiger war als alles. Er mußte ja auch die Aufrichtigkeit und die schönsten Gefühle für ihn in meinem Herzen lesen. So nahm ich seine Hand an und zu den vielen anderen Seligkeiten kam noch die Freude, daß ich unsern schönen Kindern, die Sie gesehen haben, einen legitimen Vater geben würde.

Und so kam ich glücklich in den Hafen, wo ich im Schoß der Tugend das wahre Glück genoß. Wenn ich auf den Weg der Ausschweifung, den ich hinter mir habe, zurücksehe und seine Freuden mit meinen jetzigen Wonnen vergleiche, kann ich mich nicht enthalten, die selbst im Geschmack zu bemitleiden, die in gemeiner Sinnlichkeit versunken, ohne Empfindung für den einfachen Reiz der Tugend sind: Die Leidenschaft hat keinen größeren Freund und keinen größeren Feind als die Ausschweifung. Mäßigkeit macht den Menschen zum Herren über die Freuden. Unmäßigkeit zu deren Sklaven; die eine ist

Quelle der Gesundheit, Munterkeit, Fruchtbarkeit und Heiterkeit und jedes Guten – die andere ist die Quelle von Krankheit, Schwäche, Überdruß und jedem Übel. Sie lachen vielleicht über diesen moralischen Schluß, den die Macht der Wahrheit mir abzwingt, ein Resultat vieler Erfahrungen, meiner und anderer. Sie finden die Moral deplaciert und nicht stilvoll, glauben vielleicht, sie sei nichts als der Kunstkniff eines Frauenzimmers, die mit einigen, dem Altar der Tugend entwendeten Schleierfetzen das Zeichen ihrer Verkommenheit verhüllen will – wie einer meinte, maskiert zu sein, der nur statt der Schuhe Pantoffel anzieht, oder ein Pamphletist, der sein schlimmes Libell damit schützen wollte, daß er es mit einem Gebet für den König schließt. Aber ich weiß: Sie haben eine bessere Meinung von meiner Aufrichtigkeit, und so will ich Ihnen nur dieses vorstellen: Lassen Sie die Wahrheit es wagen, das Laster in seinem blendendsten Lichte zu zeigen – und Sie werden sehen, wie unecht und niedrig seine Freuden gegen die der Keuschheit sind, die wohl die Sinnlichkeit nicht würzt, aber selber eine Würze von höchstem Geschmacke ist. Die Rosen auf dem Pfade des Lasters werden faul, die auf dem der Tugend sind unvergänglich.

Wenn Sie mir also Gerechtigkeit widerfahren lassen wollen, so werden Sie mich sicher für ehrlich halten, bei dem Weihrauch, den ich der Tugend streue; und habe ich das Laster in den lachendsten Farben gemalt, so bloß deshalb, um es in tiefster Demut als ein um so feierlicheres, würdigeres Opfer auf dem Altar der Tugend darzubringen.

Sie kennen Herrn C*** O***, seine Verhältnisse, seinen Wert, seinen Verstand: Könnten Sie sagen, es sei töricht von ihm gewesen, daß er seinen Sohn durch die berühmtesten Schandhäuser Londons führte, damit er da mit aller Ausschweifung vertraut würde und den Ekel daran lerne?

Der Versuch ist gefährlich, werden Sie sagen. Aber er ist es nur bei Dummköpfen, und die verdienen unser Interesse gewiß nicht – so scheint es mir, und ich hoffe, Sie werden mir ihre Zustimmung nicht versagen.

Ich werde Sie bald sehen. Denken Sie in der Zeit gütig und nachsichtig von Ihrer

ergebenen
***